诗人的三口之家　2017.2

大连民族大学优秀著作出版基金资助出版

蓝冰现代诗选

LANBING XIANDAISHI XUAN

蓝冰/著

民族出版社

蓝冰现代诗歌简论（序一）

李晓峰 *

在现代诗浪潮中搏击沉浮三十余年的蓝冰，用《蓝冰现代诗选》总结了自己既往的现代诗创作；而我，则想用“简论”的诗论方式，对蓝冰的现代诗进行纵观和考察，不只为蓝冰，对中国当代三十年浪飞潮涌的诗史，也是必需的交待。因为，在当代诗潮中，蓝冰的诗不是一滴水，而是一条特立独行的溪流。

一

我最先读到的是蓝冰的诗而不是其人。

20 世纪 80 至 90 年代，是上个世纪中国诗坛最辉煌、最自豪的时代，是诗人、读者、编辑激情共同燃烧的时代。正是在那个时代，20 世纪 50 年代就诞生在大草原怀抱的《草原》文学月刊吸引了中国诗坛全部目光，那些一提到名字就让人热血沸腾的诗人们——北岛、顾城、杨炼、江河、海子、韩东、杨黎、梅绍静、阿坚、孔孚、昌耀、顾工、公刘、韩作荣、沈天鸿、肖开愚、雨田、于坚、邹静之、张洪波、陈东东、叶延滨、冯晏、姜桦、潘洗尘尽数在《草原》“北中国诗卷”闪亮登场，“北中国诗卷”成为中国现代诗群的栖居之地。在“北中国诗卷”中同时栖居着另一个引人注目的诗歌群落，这就是内蒙古的本土中同样高擎现代主义诗歌大旗的诗人们——雁北、默然、阿古拉泰、张天男、成子、博尔姬·塔娜、梁彬艳、方燕妮、蒙根高勒（采英）、白涛、杨挺、赵建华、蒙原、梁粱、赵飞、独桥木、李聪颖、伊勒特、袁凯军、齐俊峰、张钟涛、郭春

* 李晓峰：当代著名文学评论家，二级教授。

浮、李岩、王忠范、王玉坤、殷杉、万方、尹树义、乌吉斯古冷、李天荣、张之静、黄锦卿、王维章、张改娟、冰峰等。这一规模足够庞大的内蒙古本土现代主义诗群，以绝不亚于主流现代主义诗群的先锋意识，以绝不输主流现代主义诗群传统的现代诗艺，以迥异于主流现代主义诗群的对生命、死亡那些所谓终极哲学问题的极具北方色彩和草原气象的思想，卓然独立于中国诗坛。与此同时，内蒙古人民出版社创刊的《诗选刊》在雁北、阿古拉泰的努力下，也对中国现代主义诗歌起到了推波助澜的作用。那时，我曾说过，如果没有北方草原现代主义诗群，中国现代主义诗歌史是不完整的。北方草原或现代主义诗群，是中国20世纪现代主义诗潮这部壮阔的交响乐章中不可缺失的乐章。

这一诗群中，就有蓝冰。他与雁北、张天南曾被誉为北国“诗坛三剑客”，在北方诗坛有很大的影响。著名老诗人贾漫曾主持他们三个人的作品讨论会。

那一时期蓝冰的代表诗歌是组诗《阳台上的鸽子》和《雪霁》等。

80年代中后期至90年代中期，蓝冰的现代主义诗歌，没有北岛们强烈的启蒙意识，没有江河、杨炼们压抑不住的重构历史的冲动，没有先锋诗人们对形式自恋式的痴迷，没有于坚、韩东们对崇高消解的口语游戏，他部分地接近于海子——在无数个雪花轻扬的午后和雪霁后的黎明，他歌唱自己慈祥善良的母亲，怀念自己落后却纯朴的家乡，感恩贫瘠却又丰饶的土地，回忆村里历经沧桑的大榆树，还有山坡上的庄稼和所有草木。他“重新考虑周围的事物”，但绝不像尼采那样发疯，理性的思考挡不住他对爱情的渴望和对自由的无边畅想。他把炽烈、率真、醇厚的情感，都浇注和投射在北方的村庄、北方的雪花、北方的大榆树、北方的土地、北方的土地庙等一切记忆和想象的北方，从而建构了他的“北方意象”。而这一点，也正是那些最优秀的现代主义诗人共有的特征。如橡树、木棉、双桅船、航标灯之于舒婷；花手帕、阳光、瀑布、彩虹、橘红的灯之于顾城；麦子、土地、大海之于海子……蓝冰属于北方，北方是蓝冰的北方，北方有蓝冰的家乡，那个有八千年历史积蕴和独特风俗的村庄。那历史如同日历在诗人的诗心中，一页页鲜活地展开，对家乡的无限思恋在春、夏、秋、冬的转换中绽放："我热爱北方纯朴的村庄""山坡上长满剑草""我走过秋天的土地——俯拾金黄的落叶"，"在旷野的积雪下面，弱小的生命互相抚慰"，"在积雪掩盖的屋子，是谁让一首歌谣去流浪"。在这些"北方意象"的诗歌中，蓝冰的浑厚深沉的诗情如同北方大原野上奔腾的马群和西拉沐沦湍急的波涛。他无意去打磨每一个诗句，无心雕琢每一个语词，而是任由这北方的诗情恣肆，北方的粗犷、北方的粗粝、北方的凝重色彩和生命力量使他的诗迥异于西化的所谓"现代和先锋"，而在"北中国诗群"中卓尔不群。

20 世纪 80 年代的中国先锋诗人以及最早的现代主义诗人们，从不缺乏对生命、时代的体验和对真相、对真理、对历史、对人生的思考与思辨；从不缺乏哲学、社会、历史思想资源。因此，追问、思索、重构、启蒙铸成的诗意的尖锐、目光的冷酷和对历史的洞穿力成为其共有的思想特征。蓝冰的《在一个名字古怪的影院看一场电影——至奥赫本》《哭泣的玛丽亚》《洛尔迦》《屈原》同样如此。而时空的跳宕、错置，知觉与体验的杂糅，意象的组合、意识的流动，意念的闪光、瞬间的直觉或感受的捕捉，以及暗喻、象征、隐语等现代主义诗歌的形式特征，也成为蓝冰现代主义诗歌的基本特点。例如《阳台上的鸽子》《没有云的黄昏》《山里人和帆船》《城市风光和雪》的"形式的意味"极其鲜明："一只火轮船／从门前经过的时候／鸽子飞来／驻留在／我的阳台上"（《阳台上的鸽子》）"火轮船""鸽子""我的阳台"由"经过""驻留"所建构的动感情境，与"我的心最平静”，在动与静的强烈对比中，趋向平衡，在这一准星上，诗人锁定了“如此爱护自己”的人性黑洞。同样，“没有云的黄昏／你走在法国梧桐中／一群鸽子从你身边起飞／我从你的体内起飞／你将因此变得高尚”以及“我怀抱一条疲惫的河流／在夜晚聆听海风狂喉，海妖啸叫／一万个章鱼在此刻爬上岸来／向你的窗口探视，监视你的梦境”这样的诗句，很容易让人想起舒婷的《路遇》《墙》、顾城的《弧线》《感觉》。在这些诗中，蓝冰保持着现代主义诗歌形式的唯美的高度和思想的哲学高度，而又与这些诗人不同。

在那个时代，蓝冰达到了自己现代主义诗歌的高点。

许多中国现代主义诗人，也都把自己的高点，永远定格在那个时代。

二

1998年秋天，蓝冰举家迁往辽东半岛的大连。中秋节，辽东半岛的最南端，一个诗人，一瓶北京二锅头，一盘炒鸡蛋，一支笔，一页素纸，一片大海，一怀愁绪，蓝冰开启了李白“举杯邀明月，对影成三人”的经典孤独模式，也开启了自己诗歌之旅的第二站，于是有《我站在海滨》《海的感怀》《眺望大海》《我要寄给你的》《故乡偶感》《海上的新娘》等“睹海思乡”等主题的系列诗作。

蓝冰与海仿佛有一种宿命。早在20世纪80年代末，从未见过大海的蓝冰就写下过《蓝色女王》《我所期待的时刻蔚然降临》《是海，还是风?》等以大海为意象的现代诗。在这些诗中，海的意象承载着诗人对人生、现实、未来或深或浅，或明或暗的思考。海，是意念之海，思想之海，想象之海。在以海为核心，由海鸥、渔舟、礁石等组成的整体意象中，诗人无限舒展自由的灵魂和思想，那纯净而灵动的诗句纷至沓来：“正午，阳光明亮／出海的渔舟划过我的胸脯／鸥鸟的双眼照耀我／我平静，我狂暴／放肆地伸展我的四肢／让每一个细胞感受阳光的分量”。在这里，诗人解放了自己的灵魂和身体，任由身体和灵魂释放自由的快意。在《蓝色女王》中，为了征服想象中的“蓝色女王”，诗人“安排茂盛的椰林”作“蓝色女王”的向导：让“所有的禽鸟作你的朋友”，当“蓝色女王”“离开我”时，“我的鲨鱼和海豚都将护卫你上岸”。这里，诗人是鲨鱼和海豚们的首领，而“蓝色女王”却是诗人的神明，诗人甘愿让自己小小的“心脏”成为“蓝色女王”手中“镀金的耳环”。该诗当然是多义的，你可以将之理解为他对爱情的誓言，也可以理解为八十年代中国青年共有的执着、热烈，一无所有却渴望献身的“时代精神”。但是，那种执着、智慧和坚定却不能不让人动容。在《我所期待的时刻蔚然降临》中，诗人写道：“我的渺小将永远为你伟大的上升而感动／为我沙哑的歌喉镀上你不朽的金色吧／我是早晨的出海者／你明亮的海水洗涮我的音符”，“鸥鸟永远不明白／它为什么依赖大海，相信大海，热爱大海／鸥鸟只是一千次一万次地扇动翅膀／它们看见，在每一片羽毛的末尾／天空都被撕开一道小缝，留下优美的弧线”。这种单纯的思想和热烈的情感，折射着此时蓝冰个体生命、情感的履迹，也同样倒映着一代人对爱情、生活信仰和理想的最终姿势。这姿势，正如诗人在《是海，还是风?》中所定格的那样：“唯有我，唯有我们／站在闪着金光的礁石上，向东方／向海洋之门，迎迓自由的鸥鸟／因为自由的名义是海的名义／自由的向往是海的向往”。值得一提的是，在上述诗歌中，例如“我小小心脏”甘愿做“蓝色女王”手中“镀金的耳环”，“我的渺小将永远为你伟大的上升而感动”等表现出来的诗人对自我的身份、价值的定位和深刻认知，决定了蓝冰永远是蓝冰，他不会成为海子、西川，也不会步北岛、江河、杨炼的后尘，当然也不会做伪装成平民的于坚。因此，蓝冰这一时期以海为意象的诗，与自己的其他具有探索意味的现代主义诗歌一样，在诗艺上从属于现代主义诗潮，在诗旨上，在与当时民主思想的觉醒和对社会政治强烈介入意识的社会思潮一脉相通的同时，又保持着特定的距离——不是他不想伫立潮头，而是他的诗心一直依偎着北方的大地和他热爱的生活。

但是，1998年后蓝冰的海意象诗却与上述诗歌完全不同。背井离乡面海而居固然是一种“良禽择木而栖”的主体价值重建诉求驱动下的主动性选择，然而空间距离的骤然拉开，却反向造成了心与家乡的愈发扭紧，他的思乡之情也因为生存空间的位移而在“海”与“草原”之间展开。北方的村庄，扩展为北方草原，意念之海为现实之海取代，诗性思维空间对象的重组与置换，使二者之间在幻象和情感之维度进行了反复重合叠加：“我站在海滨，眼前是千顷碧浪，可在我的心中她突然变成了牧草茫茫”（《我站在海滨》）。这里，诗人将喷涌而出的思乡之情，在幻觉与错觉同时在场，“草原”与“大海”的移形换位的空间蒙太奇效应导引下，回归草原深处，化作无间性的声声诉说：“我想念你荒凉的山岗／巍然挺立／就像衰老的父亲站在苍茫的北方”“我也怀恋那热烈的酒歌痛快酣畅”“我思恋苍凉辽远的北方／骏马的心，已紧紧系在拴马桩上”。在猎猎的海风中，在轰鸣的波涛中，在逐级推升的“想念”“怀恋”“思恋”中，让诗人凝重悲凉的思乡之情，因“你是我母亲居住的地方／我的祖辈，就安睡在你的衣襟上”的具象而得到无限的抚慰。于是，大海成为流动的草原，草原成为凝固的大海。《我站在海滨》是以思乡为情感媒介，将大海与草原进行情感与诗艺关联的经典之作。与该诗相似的还有《海的感怀》《眺望大海》

《我要寄给你的》《故乡偶感》《海上新娘》等，这些诗构成了蓝冰“海洋”的诗歌新方阵，也标志着蓝冰现代诗创作对现实主义诗歌的回归。

三

且歌且行，为江山作传。是近年来蓝冰关于自己诗歌创作意图说得最多的一句话，也是蓝冰对自己近年来现代诗歌创作转向和创作实践作出的总结。而我以为，“为江山作传”传达出来的更多的是一份文学责任，而“为山水立心”则彰显出蓝冰近年来诗学追求的又一次嬗变。

我曾在一篇谈论少数民族诗歌的文章中说过，50年代至70年代，由于政治文化环境乃至社会经济发展水平等因素的制约，中国诗人们只能想象幅员辽阔的祖国，用诗脚走遍祖国的每一寸山河。而新世纪以后，不但政治文化环境为诗人创造了可以自由行走于祖国山水的社会环境，社会经济的发展也为诗人提供了交通、资金方面的便利。诗人们终于可以用自己的双脚去丈量祖国的每一寸土地，用自己滚烫的诗心来触摸祖国的每一寸肌肤，他们对祖国的幅员辽阔的空间想象，转化成对每一寸土地、每一处历史遗迹、每一个民族和他们生命情态的真切体验。于是，他们不再重构神话，不再重述飞天，而是面对面地思考自然何其神奇，祖国何其辽阔，人民何其伟大，民族何其饱经沧桑，却巍然屹立*。这种概括同样适用于蓝冰近年来那些行走于祖国山山水水，勾绘自己诗歌地理版图的诗歌——从林海茫茫的阿尔山，到白雪皑皑的青藏高原，从西北之北，到彩云之南……近年来蓝冰且歌且行走遍了祖国大好河山的绝大部分，写下了数百首古体诗和现代诗（2013年他还出

* 李晓峰：《少数民族的祖国认同与表述方式——以诗歌为中心》，载《民族文学研究》，2016（4）。

版了《且歌且行蓝冰古体诗集》)。这东南西北万里江山仅仅是蓝冰诗歌地理的行踪坐标,而非其诗歌地理学的全部要义。直言之,蓝冰这些立意要“为江山作传”的诗,不同于时下流行的苦思竭想的“旅游诗”或“旅行诗”。他数百首诗歌中的大部,都属于不仅为江山作传,亦为山水“立心”之作。欲为其立心,必先参悟其心,能参悟其心者,要有山水之心,否则便难与山水息息相通,心心相印,其所立之传,必谬之千里。因之,蓝冰游走于山水之间,赏阅品鉴山水之美,体认感知山水之性灵,于山水之中探寻生命之本源,历史之足音,于山水间反观尘嚣,静观自我,而始终无意做山水景观的导游。因为“我们站立千年阅尽人世沧桑/也只能接受空洞的瞩目和廉价的赞美”,所以“我要指给你远天的鹰和飘荡的云”,从而为“兄弟松”的生命价值进行重新定义;因为罂粟“近亲名声不好”的知识和经验,所以当他面对“薄如蝉翼的罂粟花瓣/柔若绸缎的罂粟花瓣”“彼此相望的罂粟花/美丽无奈的罂粟花”时,欲以生命的名义为罂粟之生命的合法性正名;因为品味过太多世态炎凉,所以他对玫瑰峰千叮万嘱,语重心长:“玫瑰峰,玫瑰峰/你有亿万斯年的悲怆和坚强/放下的是包袱,挺起的是脊梁/泉水叮咚,溪流汤汤,远离恼人的尘嚣/心,就到达了很远很远的地方”,从而为玫瑰峰壮威;只因为知道了250多公斤黄金打造的世界上最大的玉石镶金弥勒佛——梵净山弥勒金佛,所以才有了超越无边佛法的“究竟要用多少黄金/才可以打造最虔诚的信念”的大胆诘问,从而在对功名利禄、贪嗔痴怒的痛悟的“泪流满面”中,在神圣的弥勒佛前,重新界定了梵净山弥勒金佛的警世意义。

这些为山水立心之作,虽有中国古代山水诗的谢风孟韵之余香,却不刻意于或空灵、或洒脱,或“欲辩已忘言”的曲径通幽,而是物我贯通,妙合无垠。在蓝冰的这类诗中,通常会出现有意设置的“我”“你”“它

(他或她)”“谁”四个人称。如“柳兰，柳兰／是谁的深情让你来到乡间／落叶松做你的邻居，白桦做你的围栏／你坚守自己的承诺，你相信忠贞的期盼／不管是苦是甜，你总能等到一见钟情的爱恋”（《柳兰，柳兰》）。“我要把这硕大的金块／捶打成一枚枚纽扣／扦在我的衣襟，缝在你的胸口／当我远离，当你告别／我们也会永远系住／阿尔山的山明水秀”（《油菜花——上帝的金子》）”。“走不出你的森林／飞不出你的视线／忘不掉你的问讯／剪不断你的思念”（《阿尔山之恋》）。“因为我们是兄弟／肩并肩手挽手的兄弟／所以，我要指给你远天／远天中的鹰和飘荡的云”（《兄弟松》）。“德令哈，德令哈／我不告诉别人你的秘密／你也不要让别人／打听到我的行踪”《与德令哈的约定》。“天山，天山／是否就算我生出翅膀／也飞不过你悠远辽阔的蓝天”（《天山之恋》），等等。在这些诗中，诗人不仅将山水生命化，对象主体化，也将自我山水化、对象化。从而，我非我，物非物，山非山，水非水，一切皆成“我”和“你”构成的互相倾诉的对象和主体营造的生命情境，而这一情境之外又有“谁”的在场而营造出的第二空间。于是，“我”“你”不仅在共享情境中可以彼此换位，同时也穿越于“你、我”的第一空间和由“谁”所拓展的第二空间之间。而当诗人“我”和“你”分开，“你”转换成“它”时，一直隐身的听众“它(他，她)”便会悄然出场：“急湍飞瀑的一咏三叹名叫三潭峡／春天时，我见过／它被无边的冰雪覆盖／巨大的河心石在雪被下沉睡／它们在等待匆匆赶来的恐龙妈妈”（《深秋三潭峡我看见一万只老虎》）；“对谁的等候让你站在路边？／小路通向大路大路通向天边／这牵挂与爱恋的绳索／会把谁带到你面前？”（《柳兰，柳兰》）。就这样，在与山水交互、对话、交流、呵护、启迪、宽慰、自我省察、反思、诉说的主体间性构拟中，自我山水化，山水主体化，诗人把自己的人生经验、生命冥思与人生的疑惑乃至神游畅想，统统交付山川万物，弥合消弭了物象与心象的界限。这里，山川风物、人类遗迹都是时间撒落的历史碎片，自由、尊严、平等与爱的生命光辉照亮了山水，也照亮了自我，极大地拓展了诗歌精神和思想的维度，拓展了山水的生命时空，达至为山水立心之境界。本来易改之江山，无常之山水，在蓝冰的诗里获得了诗性之永恒。

四

蓝冰向来对板着教父面孔且启蒙欲望高涨的所谓精英知识分子敬而远之。几十年来古典文论的精英知识浸漫和“诗人”桂冠都始终无法改变他的平民知识分子的立场和情怀。他热爱生活、热爱生命，特别同情、珍惜那些底层的、弱小的、边缘的生命，他深切地体察他们贫寒交加的生存状态，感知他们敏感而脆弱的心灵，发现他们生命微小的火花，把自己的人生经验和生命体验传导给那些底层的、普通、弱小的、边缘的北方的农民、城市的拾荒者、山坡上知名和不知名的小花小草、村边任人砍伐的大树，用有温度的思想，有深度的精神，有宽度的情怀，温润他（它们）、鼓励他（它们），甚至彼此搀扶、慰藉、砥砺，这种人文精神和人文情怀是蓝冰诗歌的灵魂表征。这一点，从早期《阳台上的鸽子》中他惊讶于阳台上那只无限爱惜自己羽毛的鸽子，《大地的四季》中对北方村庄和山坡上那些伟大的植物与无名的小草的温情体认中就已露出端倪，几十年来这一思想和特征日渐清晰、日益成熟和稳定。他在《春：欣悦的暖流》中构建了他和自然界动植物关系：“睁开眼睛吧，我熟悉的植物们／我用鞭声和犁铧惊醒你们的睡眠／睁开眼睛吧，我热爱的动物们／我们一起到欢快的河边去洗洗衣裳／／我用欣悦的暖流呵痒大地的皮肤／我以我歌唱的理由命名我熟知的事物／春天春天，让我在你的怀抱里／安放我小小的家园”，而在《冬：一场大雪宣告冬天的消息》中这种关系进一步深化：“我和冬天的树木一起拒绝死亡／只让百草去装点冬天的寒冷／在旷野的积雪下面，弱小的生命互相抚慰／携手度过漫长的冬天”。这是多么令人悲恸的生命图景。并非他幻想自然生命的永恒，而是他对超越死亡的永恒的价值充满了自信。珍视弱小的生命比讴歌伟大的事物更具有人性的深度，因而更让人敬佩。而把自己的高度降低到冬天的树木和积雪下的小草，与他们一起互相取暖、相互抚慰，携手共度漫长的冬天，这本身就是对生命意义的生动阐释。在此，蓝冰的慈悲与温情是及物的，它直抵人类生命的深处。因此，他面对“毒之花”的罂粟，才会发出“它们的前生结了什么孽缘／它们的今生要做怎样的回转”（《野罂粟》）的叹惋和抗辩。

《草的四季，草的忧伤》无疑是近年来蓝冰写得较为用力的长诗。这里积蕴着蓝冰太多的个体生存体验和人生经验，也包蕴着蓝冰对中国知识分子身份和价值的独立思考。诗中，诗人建构了自己的“草民”身份，他以一个平民知识分子的身份和立场与小草窃窃私语、相互凝视、彼此体贴。诗人悲痛地发现，《一场大雪宣告冬天的消息》中那些“携手度过漫长的冬天”的小草们，所以要自信地活下去，并不是为自己而生，而是“缘于六畜和昆虫们生的渴望”，“我见过那些冬天里饥饿的牛羊／雪原上，它们用滴血的蹄子刨开坚硬的雪／哭着喊着去寻找一棵草一片草”，正是为了那些渴望生命的牛羊：“一棵探出头，另一棵也跟着探出头／春天就在它们的身后了／一棵走向远方／另一棵也走向远方／这样，秋天就跑在它们的前头了”，这一让人心灵颤动的悲壮场景，表达了诗人对生命与生命关系的深度思考，将诗歌的意义推升到“超越死亡的永恒价值”的高度，提出了具有本源性的问题：人为谁而生？又为谁而死？在此，不能不提及与这些诗异曲同工的《父亲——一个乡村行脚大夫的赞歌》《一棵树和它的全部生活》。在这两首诗中，“树”与“父亲”在“全部生活”的历史叙事时空中构成互文本关系，在诗艺上构成一种隐喻关系，在诗旨上构成互补关系。如果说《父亲》中有太多太重的对父亲这位普普通通的“乡村行脚大夫”的“折断一片记忆却很难”的追忆和爱，那么《一棵树和它的全部生活》中对“站立是一种宿命，站立是一种宗教”生命姿态的赞美，同样倾注了诗人全部情感。树的一生，仿佛就是行走在朴素、平凡故乡土地上的行脚大夫的“父亲”的隐喻。只不过，《父亲》中对平凡伟大的父亲的赞美，变成《一棵树和它的全部生活》中对承受着一切可抗与不可抗力的冲击，隐忍坚毅、傲然挺立的卑微生命的悲悯与感叹。类似的诗歌还有“满怀热望又表情木然”的“拾荒女人”(《拾荒女人》)。在此，我们不由想起惠特曼那句著名的诗句“哪里有土，哪里有水，哪里就长着草”。

蓝冰在诗中说：“通过农业的泥土和养料，我的思想抵达今天”，这就严格地区分了他和那些高喊“土地”“小麦”“粮食”的所谓乡土诗歌和底层诗歌。评价蓝冰在这些诗歌写作中呈现出来的人文精神和人文思想的价值并不难。强者当然需要歌颂而且从不缺少尾随的歌者，而弱者往往相反。正因如此，才有了能够彪炳历史的陀思妥耶夫斯基、契诃夫、涅克拉索夫、哈里特·比彻·斯托、鲁迅……人类文学史的主流也是人类生存史的主流。如果将蓝冰投放在中国当代诗潮中，或许很容易将其归入“底层写作”或者“底层诗歌”甚至更早期的现代主义诗潮，但又不能这样做，因为，他几乎没有刻意追随任何一个“现代”“先锋”“底层”潮流。如果一定要用“底层”的主流诗评话语来描述他近年来部分类似诗作，他的“底层写作”应该早在二十多年前就已经开始。例如，1991年蓝冰完成的《大地的四季》表现的就是在“歌颂正在消失的朴素的农业文明”，但是“我爱你们这些泥土一样慈悲又勤劳的农民呀”却将他的平民情怀暴露无遗。如此说来，从“北中国诗群”中的蓝冰，到如今为江山立传，为山水立心，为草木请命，为普通和平凡立言的蓝冰，一直是中国当代波澜壮阔诗潮之中黑格尔所说的“这一个”。

2018 年元月于大连寓所

天真烂漫　诗法自然（序二）

江城 *

在我诗歌写作的道路上，有三个人对我影响较大，他们是西川、海子和胞兄蓝冰。我曾经很喜欢西川的早期诗歌，而我现在仍然喜欢海子的抒情短诗。如果说，西川是以他从容的智慧取胜，海子是以他灵魂的高度取胜，那么蓝冰就是以他纯然的心性取胜。心者，如如性也，万法唯心，心有则无不有，心无则无不无。言为心声，其心乃禅。思想是有边界的，而心是无边界的。佛佗说：清净为道，广大为心。耶稣说：你们必须变成孩子的式样，才能进天堂。老子说：我独泊兮其未兆，如婴儿之未孩。尼采说：人生的最后阶段仍是孩童。蓝冰就是这样的“狡童”（贾漫语）

《雪霁》《大地的四季》和《草的四季，草的忧伤》在蓝冰的整个诗歌创作中非常具有代表性，三组诗、三种维度、呈现三种不同的诗意取向，而同时又是作者内在气质的必然发展和延伸，更是作者对生命领悟、思考和认知的过程。从对纯粹的雪的向往期许，到对磅礴的大地四季的歌唱，再到对野火烧不尽、春风吹又生的小草的赞颂，无不诗意地体现着作者对生命认知的深化与攀升，也大致可以说由情感而至心灵、由心灵而至智慧的蜕变，是诗的成熟，也是生命的成熟。

《雪霁》写于20个世纪80年代末。这组诗曾获得“《草原》北中国诗卷诗歌大奖赛”一等奖，给刚刚大学毕业两年的诗人带来不小的声誉。诗中的蓝冰是青春的，思考的，追寻的，浪漫的。雪，在这里只是一种象征，是作者内心的一种期望和向往，也是作者由此进入诗意世界的一次招手。他歌唱雪的世界、童年和爱情，

* 江城：诗人，银行高级职员，蓝冰胞弟。

鞭挞市侩庸俗甚至险恶的现实。这组诗的幅度和深度都很大，实际上是作者以诗的形式对人生社会进行了追寻和定义。一个诗人如果没有哲学上的思考就不可以成为真正的大诗人，诗不是直接呈现哲学，但如果没有哲学的厚度与深刻，那么诗也就缺少了必要的底蕴。在三千多年以前，楚国大诗人屈原就发出了《天问》的 170 多个终极追寻，“怀疑自遂古之安初，直至百物之琐末，放言无惮，为前人所不敢言”（鲁迅），终成为古典诗坛上的一朵奇葩。1988 年 2 月的那个早晨，对诗人蓝冰来说必然是一个机缘巧合的早晨，他一个人在故乡宽广无垠的雪野上漫步，平凡而渺小，孤独而美好。他向往像雪一样纯粹的生活，怀念童年的快乐与纯真，对爱情寄予了梦一样的美好向往。其时，他重新思考世界与人生，思考诗歌本身的价值，思考肉体的腐朽与灵魂的超越，诗人的心灵唤醒了周围的事物。于是，在蓝冰的诗中，一切都在瞬间生动起来。“那就是童年，漂亮的童年／我们用树脂黏合指缝／忘记寒冷与饥饿，那时的月亮升得也迟／比现在的圆些，比现在的大些／／那时我聪明，狡黠，滑稽／追逐夏日的云影收集冬天的雪花／把香味的野花插进盛水的酒瓶／我爱所有的漂亮女孩”“雪霁后，我渴望出去走走／生命连着远山，黄土遍埋尸骨／时代，这个所罗门王的瓶子／我试着和朋友们装一些东西在里面／／如你们所知，我是一个诗人／我呼唤的带给我厄运／我渴求的带给我痛苦／我歌唱的是虚无，我厌恶的充满我／／雪霁时我该如何祭奠？道路没有尽头而生命如此短暂／就是这天宇中纯洁的精魂／也掩不住大地混浊的眼睛”。是呵，诗是对此岸的超越，诗的状态就是美产生的状态。美是永恒的，也是沉睡着的，只在于敏锐的心灵将它唤醒，而此刻，它们在蓝冰的诗中正在醒来。

《大地的四季》中的蓝冰是欣喜的，纯粹的，孩童的，本质的。十六首诗，是大地上十六只雪白的鸽子；

十六首诗，是大地上十六支清澈的溪流。读蓝冰的诗，你会感觉他是一个天真烂漫的孩子，在大地多彩多姿的裙子上尽情地欢笑、歌唱，那是一种源于赤子之心的纯净与诗意世界的惊喜。他所描写的，都是我们司空见惯、俯拾既是的事物，但经过心灵的过滤，一切都在瞬间变得生动和亮丽起来。善于用意象说话是蓝冰诗歌的主要特点，每个意象都在传递着一个生命的讯息，情景交融，景情互发，绘景、抒情、表意完全融合在一起。“只有小雨，着手涂抹远山的色彩／使小草惊喜地探出头来，却不知是谁在召唤／／睁开眼睛吧，我熟悉的植物们／我用鞭声和犁铧惊醒你们的睡眠／睁开眼睛吧，我热爱的动物们／我们一起到欢快的河边去洗洗衣裳／／我用欣悦的暖流呵痒大地的皮肤／我以我歌唱的理由命名我熟知的事物／春天春天，让我在你的怀抱里／安放我小小的家园”，文字单纯而又直接，但在这单纯和直接的背后，却蕴涵着一种坚韧而宽厚的人性，你会感到一种生命的激流在跳动。“我热爱北方纯朴的村庄／一条大路联结南北／生长纯朴、勤劳、善良和智慧／从这里出发，我游历亲爱的祖国／／我因此在天涯海角，也能听到熟悉的乡音／通过它，我怀念家乡清澈的河水／在夏季，山坡上长满剑草、树木、庄稼／一条‘响水河’把它的名字传遍”。“我们紧握雷雨中的闪电／沿天空的一角划出巨大的彩虹／生命多么旺盛，在每一株禾苗近旁／我们都听到它们忘情的窃窃私语／／就这样我们用锄头和犁把／迎来每一个朝露未晞的清晓／送走每一个晚霞似锦的黄昏／我们还把爱情的谜语撒在夏天的边上”，在诗中，蓝冰的目的并不在于要表达某种思想，实际上我们很难将他诗的情感和思想内核从文字中分离出来，它们只作为诗而存在。这里，作者已经不是在写诗，而是一个手拿柳笛、用亮丽嗓音尽情歌唱的大地牧童，或者一个勤于耕种的农人，他只是表达了对纯洁美好事物的无限景仰与追寻。十六首诗充满着一种内在的张力，这包括伟大与平凡、泥土与生命、劳动与幸福、自由与爱情，等等。

《草的四季，草的忧伤》中的蓝冰是睿智的，从容的，坦然的，坚韧的。这组诗有一些句子写得非常生动而精彩，实实在在，又落地有声，诗的风格也更加趋向朴素、安静、疏散、自在，风格就是人格。“整个冬天，草的沉默／让大地一片荒凉”“一株草，比一个人／更懂得饱经风霜的含义”“草的一生是短暂的，甚至来不及思索／一切就都结束了／但草的意义简单、完整、纯粹／不管是活着在雷雨中颤抖／还是死了在风暴中奔跑／一株草总要完成一株草的使命——生儿育女、结识朋友、美化大地、奉献一切／是啊，一株草的分量往往轻如鸿毛／但一株草的价值是无法替代的／真的，就是昏聩的皇帝／也知道草民一旦愤怒／一座城池一个国家都将是一片火海”。这是一种悲天悯人的大情怀，是一种从小我走向大我的开始，是真正属于灵魂的东西，心灵的东西。我一向以为，一个诗人如果不拥有悲天悯人的博大情怀，就无以为诗人，也无以为人。在组诗中作者抒发了对小草生命的深刻同情、尊重与理解，实际上就是对我们人类本身生命的理解与观照，因为面对浩瀚的宇宙，我们人类同样脆弱而渺小，同样颠沛流离、永失故乡。草民们既是渺小的、脆弱的，又是伟岸的、坚韧的；既是四处流浪、生无居所的，又是一生永恋、绿满天涯的。活着，爱着，流浪着，忧伤着，坚韧着……

一个草民落草而生
他的一生会和草结缘很多事情
童年时以草为伴，接触草认识草
青年时以草为友，理解草懂得草
壮年时以草为屋，热爱草关心草
老年时以草为邻，尊重草呵护草

当我们化作泥土，青青的草啊，
就成了我们自己——
通过草的筋脉我们伸展向上的愿望
通过草的眼睛我们眺望外面的世界
身旁一棵一棵的草啊
说不定就是我们的祖先和亲人

抛开这三组诗再来看看蓝冰其他的诗，我发现蓝冰早期诗歌和同时代诗人有一些相似性，比如大家都很注重选择诗歌意象，甚至有抢占高地似的抢夺霸占意象的意思，同地区的、同流派的诗人们在主题和意象选择上有很大的相似性。那时期，蓝冰的诗歌意象以鸽子、海、蓝色等为代表，继而是乡村事务中的土地、庄稼、劳动、果实，后来诗歌的意象则比原来更泛化和自由，山水风景、田园河流、寺庙道观、小花小草，可以说他走到哪里就在那里遇见诗。而这些随处可见之“诗”，既不似口语诗人那样随便，也不像先锋诗人那样与传统背道而驰或尽量撇清关系，他还是从心灵出发从感动出发，如杨匡汉先生所言在“坚持着一种中国诗歌的抒情传统”，我以为这是十分难能可贵的。

那些执着于自己信仰的人是幸福的，因为在这样的祈望中，他们抵达了天堂。

那些谛听了大地悸动的人是幸福的，因为在这样的观照中，灵魂已得到净化和提升。

那些用心灵说话的人是幸福的，因为诗之于他已经不再重要，他的声音即是大地的一次次呼吸，诗人借此与大地彼此相依永不分离。

2017 年 11 月 28 日

江城读胞兄新诗集欣然起笔

目录

第一辑

大地旋歌

阳台上的鸽子（组诗）

阳台上的鸽子*

阳台上，有一只鸽子
站着啄它自己的羽毛
这是我第一次看到
一只鸽子
如此地爱护它自己

这是很久很久以前了
一只火轮船
从门前经过的时候
鸽子飞来
驻留在我的阳台上

我常常听到它的叫声
它的叫声和月光一样
洒满阳台而没有阴影

往往是这种时候
我的心最平静
看着鸽子
它的眼睛在深夜中很亮
我的诗，也跟着成熟起来

1986 年

---

* 此诗选入《朦胧诗后中国先锋诗选》。

没有云的黄昏

没有云的黄昏
是不完满的空杯
那时，只有花儿
孤独地开放
没有梦境中的色彩
也没有遐想

那样的黄昏
往往在春天
春天的天空
只保存爱情

就是在这样的黄昏里漫步
你也看不见我
仿佛你自己在绕圈
我悄悄走进你的身边

没有云的黄昏
你走在法国梧桐中
一群鸽子从你身边起飞
我从你的体内起飞
你将因此变得高尚

1986 年

城市风光和雪

城市风光中
下雪最惬意
下雪的时候就有许多人
打着伞走到大街上
等公共汽车
等远方来的消息

也有许多人
坐在窗前
看雪，唱歌
弹着吉他听吉他

我们和城市风光一样
这个时候最惬意
心白得像雪
看见绿色邮车
也不说一句话

1986 年

山里人和帆船

山里人
背着猎枪
来到海边
他看见了船帆

他曾把它想象成
松树的模样
他曾把它想象成旋风
和棕熊的模样

有一年夏天
他睡在桦皮筏里
梦见船帆
是他自己

他因此知道
他看见船帆的时候
心海里，也有一只帆船
正划到彼岸

1986 年于呼和浩特

雪霁（组诗）

落过雪的云彩

清早，迎着晨风的絮语开门
外面悠远湛蓝，是雪霁的天空
我知道昨夜的安静与沉稳
缘于一场事先没有预告的洁白

在敞亮的蓝色天幕下
深吸一口雪霁后干净的空气
肺叶膨胀起来倒挂着开成花朵
心脏也在有力地抒情

再看一看远天，远天之中
几朵落过雪的云彩正淡下去它们的颜色
就像母亲生产后
淡下去她的颜色

雪松、白杨、黄榆、水曲柳
没有叶子的梧桐与棉槐
都精神得一颤一颤地
天空的极顶，细小的霰粒还在飘下来

1988 年

我重新考虑周围的事物

日光温柔，仿佛水晶的母亲
不惊动一粒尘埃
我随意的目光和脚印
是我零星的思想和感觉

感觉真实吗？理性真实吗？
雪霁后唯一的愿望
是童年和爱情
是远山一样连绵起伏的诗句

在看不见的地方，看不见的时刻
冬天的河流静止有香味的断章
我重新考虑周围的事物使我欣喜
像秋天夜我指给你天上月亮的欣喜

我不停地在雪地上印上脚印
看见雪花融凝在高高的枝头
细小的树干上结着温馨的消息
在遥远遥远处，已有春天的青白色

1988 年

那就是童年，漂亮的童年

那就是童年，漂亮的童年
我们用树脂黏合指缝
忘记寒冷与饥饿，那时的月亮升得也迟
比现在的圆些，比现在的大些

那时我聪明，狡黠，滑稽
追逐夏日的云影收集冬天的雪花
把香味的野花插进盛水的酒瓶
我爱所有的漂亮女孩

那时我们用罐子和艾草治病
锄草，在山坡上吃有馊味的饭团
无论雪霁还是雨后，毛驴都悠闲地吃草
也常常会意地看着我们

此外，我再想不起什么
邻居家的百年大榆树上有成千成百的乌鸦
每到傍晚噪声如云
乌粪，宛如另一种雨落满屋顶

1988 年

雪霁后我高声赞美*

雪霁后我要高声赞美
刺柏和雪松的枝丫上
满满地积着雪，融融欲滴
我想到我们的爱情

最好这时躺在你身边
数着窗花或窗外的远星
我的一只手温暖
另一只手冰凉

回忆：在夏日的傍晚
你以一个浪漫的姿势看着我
你的黑眸是霓虹下的星子
还有，我看见你手臂上的蓝色脉管

那时我就预言了每一场雪
山坡上成群的麋鹿在雪霁时
跑到你的圈中来，我亲吻了你
就不再像往日那样生活

1988 年

* 此诗入选 1990 年《青春诗历》。

雪霁后我的祭奠

雪霁后，我渴望出去走走
生命连着远山，黄土遍埋尸骨
时代，这个所罗门王的瓶子
我试着和朋友们装一些东西在里面

如你们所知，我是一个诗人
我呼唤的带给我厄运
我渴求的带给我痛苦
我歌唱的是虚无，我厌恶的充满我

雪霁时我该如何祭奠？
道路没有尽头而生命如此短暂
就是这天宇中纯洁的精魂
也掩不住大地混浊的眼睛

看我此刻神色恍惚步履匆匆
雪霁时到寂静的野外
期望有无数支闪电
也梦想一片隆隆雷鸣

1988 年

雪霁时的避风港

雪霁后的静寂犹如你的遥远
可我仍要告诉你我心中的秘密
还要捧一抔刚落的雪
轻轻洒在你的头上

也曾是雪霁的日子
我笨拙地为你梳拢头发中的消息
听着你胸中那些鸟儿的歌唱
说爱你，爱你，写你的名字一千遍

你可塑造我你可完成我你可再生我？
当你敞开你的胸膛
放飞你的鸽子诱惑我
你可占有我

我已不再寻找一个平稳的背面
作为雪霁时的避风港
我只想有一个空白的信封写下你的地址
然后打上火漆邮戳

1988 年

我的产品不像小麦玉米或者棉花

在这场雪或那场雪到来之前
一定有许多神秘的征兆未被发现
我难以相信以致更加相信
这早春的雪原竟有鸥鹭在飞翔

没有人需要我
我的产品不像小麦玉米或者棉花
我把诗歌写在袖子上
也只能藏进你心灵和泪水的百宝箱

鸽子哪里去了？它们的眼睛全是弹孔
深夜的远方所酝酿的
可是甜甜的火药味儿
可是媚俗的香水味儿

黄色的沙漠在白雪下
碧色的远山在蓝天下
此刻的心灵和思想
全是人们眼里蛰伏着的蝮蛇

1988 年

异化的季节

追求和信仰？在废品收购站
我看见一群乞丐在贩卖着什么
理想和爱情？在旧货市场
我看见褴褛的诗人和威严的国王

于是有人的地方我阅读 A
没人的地方我书写 B
有人的地方我说 C
没人的地方我想 D

这全是混蛋和混蛋的平方
我不能像白杨一般站立
也不能像西风一般漫步
更不能拥有一只崭新的柏木桨

难道我能解释
月自何时圆
难道我能说出
哪一片云是我的天？

1988 年

我盼望什么等待什么

什么时候我才能高叫“芝麻开门”
什么时候我才能迎接远天之中的一处黛
我知道，森林中的雪豹警觉异常
有猎人阴谋的枪口指向它

我妄想但不能说出这一切
当一只驴耳朵在童话中生长
即使一个绿意葱葱的春天
我也不敢吹响童年时的柳笛

我盼望什么等待什么
候鸟远离雪霁的日子在划行
布谷的翅膀不扇动
知了的歌声还在大地深处

那震动每一片雪
使之落下来的是什么？
那震动每一粒空气
使之吹过来的是什么？

1988 年

我将梦见铁树开花*

雪霁时想想树林中和田野上的清风
想想滴在大地肩膀上的阳光
以及时时飘零心头的叶子
都是值得安慰的事情

当一切遥远唯有心灵真实
当一切在我们之外
我只拥有一张稿纸和一支笔时
有你在身旁，我还奢求什么

淡下颜色的云彩正在消失
母亲再次丰满
我该向何处去？举首茫茫回首亦茫茫
雪霁的天空并不宽广

我得坐下来想一想
我得用一些雪把自己埋上
不久，你们会在雪化时发现我腐烂的尸体
而我将梦见铁树开花

1988 年 2 月于故乡赤峰

* 组诗《雪霁》参加 1988 年《草原》举办的“北中国之星”诗歌大奖赛获得一等奖。

大地的四季（组诗）

春

欣悦的暖流

越过漫长的冬季，一只春燕重又回归
衔来第一喙筑巢的泥巴，在椽头与河边
聚会去年的伴侣，它们听到布谷的鸣叫
听到解冻的河水下面激动人心的歌声

还有熏风宛若羽毛，轻拂行人的面颊
欢笑，乘着飞升的风筝眺望远景
只有小雨，着手涂抹远山的色彩
使小草惊喜地探出头来，却不知是谁在召唤

睁开眼睛吧，我熟悉的植物们
我用鞭声和犁铧惊醒你们的睡眠
睁开眼睛吧，我热爱的动物们
我们一起到欢快的河边去洗洗衣裳

我用欣悦的暖流呵痒大地的皮肤
我以我歌唱的理由命名我熟知的事物
春天春天，让我在你的怀抱里
安放我小小的家园

1991 年

迷人的小红马

踏着节日的鼓点，春天优美地走过
只让无邪的孩子拉着她嫩嫩的小手
大人们只能讨好地托起她的裙裾
通过汗水和泥土欣赏和品尝余香

这个骄傲的女性，是那么肆无忌惮
仿佛一个女妖，以妖冶和妩媚四处迷惑
我们这些傻瓜，只见她嫣然一笑
就以为她会终身相许呢

四处流浪，沿着大地的经纬
传达生命的信息，编织成长的故事
也沿着明天上升的曲线
迎来每一个崭新的黎明

她也是最温柔的女人，怀抱婴儿
在柴门旁倚身顾盼，等待归来的丈夫
他胯下那匹小红马
将带给她故乡遥远的消息

1991 年

我从不拒绝春天的敬意

我从不拒绝春天的敬意，让微风
吹皱一泓碧水，折叠水中的蓝天
我也从不关掉窗户闭锁诗的情怀
只是梦的语言，我柳笛婉转也难以吹出

我乞求大群大群的蜜蜂和蝴蝶凌空驻足
在春天的衣襟上成为象征，万类相聚
盛宴在一年之始。纸醉金迷的昆虫、飞鸟、兽类
请问：你们有谁关心另一则消息？

就像弃绝尘世的钟声，深夜
一朵百合悄悄地开放她的纯洁
宛若婚床上疲惫而幸福的新娘
我们赞美，同时也欣赏她屋顶上新鲜的炊烟

又像夜晚的天空缀满星斗
我幻想一条春天的花边
奉献在季节的厅前
作为回报，我献上不朽的颂歌

1991 年

开花的桃树下面

春天的河边，也有料峭的冰凌
春天的河边，我描绘家乡红色的山岗*
我走过这里，细看开花的桃树下面
一只猫怎样杀死它的敌人

只有静静地等待静静地谛听
大地发自肺腑的声音响彻天宇
种子破土的声音，花蕾绽放的声音
也同样和雷霆一般响亮

就在此时，一枝曾在冬天开放的梅花
谦逊地退到一角，漫不经心地
看着她报道过的灿烂景象
沐浴春晖

我早已熟悉她久远的馨香并且景仰
我梦想在适当的时候向她招手
造访她谢绝纷扰的家门
礼貌地问候，也表达爱情

1991 年

---

* 红色的山岗，指赤峰，作者的家乡。

夏

我热爱北方纯朴的村庄

我热爱北方纯朴的村庄
一条大路联结南北
生长纯朴、勤劳、善良和智慧
从这里出发，我游历亲爱的祖国

我因此在天涯海角，也能听到熟悉的乡音
通过它，我怀念家乡清澈的河水
在夏季，山坡上长满剑草、树木、庄稼
一条“响水河”把它的名字传遍

我也怀念它古老的故事*
夏夜，当星辰闪烁，乞巧的姊妹聚在窗下
我听见崭新的爱情故事
七夕，织女也为甜蜜的相会动容

谁也不能回避夏天的盛情，让孤独
成为有闲人珍贵的装点吧，谁也不能拒绝
倾听嗽叭花关于和平的传说，如此
凌空展翅的飞燕草，你欲把我的愿望带向何方

1991 年

* 发现于赤峰市敖汉旗的兴隆洼文化有八千余年的历史。

盛夏的炎热迎来大雨

盛夏的炎热迎来大雨，六月的荷花粲然开放
在国画中，我们已目睹它清奇的风采
此刻，她站在我们的面前晃动腰肢
我们沉醉但却无言，怕尘世的语言将她污染

我们紧握雷雨中的闪电
沿天空的一角划出巨大的彩虹
生命多么旺盛，在每一株禾苗近旁
我们都听到它们忘情地窃窃私语

就这样我们用锄头和犁把
迎来每一个朝露未晞的清晓
送走每一个晚霞似锦的黄昏
我们还把爱情的谜语撒在夏天的边上

就这样我们在夏天的田野走过
终于发现一粒种子的成长
欣喜和沉迷像燕子一样高低飞徊
亲切，伟岸，这一切多么壮丽呵！

1991 年

明亮的夏日午后

明亮的夏日午后，一群蚂蚁匆忙构筑
它们脆弱的家园。它们也听到远方的雷声
晴空中，雨燕用翅膀描摹寂静
几朵云彩正加快步伐酝酿洪水

这是摧枯拉朽的激流哟
使我们的兄弟丧失家园和生命
遥远的年代开始，今天也未曾停息
让我们不禁怀恋息壤和大禹

我称颂这不可阻挡的一切
仿佛天霆的震怒。让我们逐渐懂得
尊重一棵树、一株草、一粒沙石
是我们人类早就应该想到的

盛夏，我们无法作别的另一故乡
我感谢你所孕育的一切
我以双手向你召唤，并佐以劳动和汗水
而你说：这就是最好的报答

1991 年

银河的传说和小麦

夏天的夜晚，一条银河横贯天空
它无数次指引我先人们的幻想
如今，对它的浩渺我只表示深深的敬意
它再也无法指引我的迷途

我期望有朝一日亲手放开它的闸门
倾泻它耀眼的满天星辉，浇灌明天
在我的祖国
它的传说是那么优美而无情

但此时小麦已经成熟，打麦场上
充满黄金的笑声，饱满的麦子托在手上
是那么温暖，温暖充实我的手
我再次感到大地对我们的丰厚赐予

我永远感激大地的无私和慷慨
我手捧麦子，让它们沐浴我的脸
我幸福，我幸福！这黄金的激流
让我觉得自己和土地是如此亲近

1991 年

秋

我歌唱大地的四季

我歌唱大地的四季
当秋风沿着季节的轨道划行
我的窗前就满是丰收的象征
我的心也仿佛是一条满载果实的大道

我看见母亲矮小的身影淹没在田野
她用闪亮的钎刀挑选谷种
姊妹们则用健壮的手臂簸打
她们的汗水和金子一样明亮

父兄们，紧握着整个秋天
无暇理会列阵的大雁，更无暇
去忧愁和伤感。只盼望下一个日子
是不含秕子与杂草的一天

但大地记忆着农民的勤劳，在秋天
以它的璀璨和丰硕歌颂平凡
就连谷物们也在感激中扪心自问，是谁
使它们获得了诚实的头颅和饱满的智慧

1991 年

走过秋天的土地

我走过秋天的土地，一一俯拾金黄的落叶
生命的秘密让我着迷
它们在我手中的颤抖和叫喊让我惊心
我注视它们，我的平和是它们的安慰

我计数着那些清晰的叶脉
宛若计数生命中的溪流
通过农业的泥土和养料
我的思想抵达今天

亲爱的农民，我的父亲和兄弟
我的母亲和姊妹，让我和你们一起收割吧
多么美好的事业：汗水和勤劳
换来的是丰收、欢乐和幸福

我千万次地祝福你们，我以我全部的身心
体验你们的苦痛与欢乐
我歌颂正在消失的朴素的农业文明
我爱你们这些泥土一样慈悲又勤劳的农民呀

1991 年

仲秋夜：迷人的梦

像迷人的梦一般，秋夜的天空
飘过金色的月亮。让天涯孤旅
也能看到家人团聚的笑脸。试问满月
可否把我的祝福捎去给我的亲人？

我曾以多么美好的感情怀恋你的秋天
每月由缺而盈循序渐近，直到圆满
思想的成熟也是如此，经过坎坷和跋涉
一粒钻石，终于显示它的美丽和硬度

那些耀眼的碎金，灿烂的秋菊
在寒霜中以多变的姿态丰富着我们的生活
让我在慵懒和倦怠中幡然醒悟
是否，你在浪费着珍贵的生命？

我珍数着每一个孕育果实的日子
它们是我生命中坚固的基石，在这块石头上
我像一个笨拙的工匠敲打语言的矿藏
多好呀，我找到诗歌的宝石

1991 年

像这个秋天

像这个秋天的早晨，我走过铺满落叶的树林
鸽哨从容地划过我头顶上的天空
叶子静静地躺在大地上，我看见它们时
太阳也照耀它们，它们枯萎的心呈现黄金的色彩

像这个秋天的正午，我没有欢欣没有痛苦
独自一人走过成熟的土地，思想的波澜时时涌起
顺着时间的甬道，把闪亮的珍珠贝推上岸来
打开它们也就找到了珍宝，说出它们又多么艰难

像这个秋天的黄昏，我静下心来仔细观察
初生婴儿的天真笑脸，像倾听月光的音乐太阳的琴
之后我带着酒或思维的多弦琴走上街道
细数守卫这座城市的树木，照亮街道的灯

像这个秋天的夜晚，晚风中有五谷的香气
一枚月亮或缺或圆走过多雨的天空
对于我，每一个秋天都是生命的音符
大地旋转季节轮回，我为宫商角徵羽找到合适的位置

1991 年

冬

一场大雪宣告冬天的消息

一场大雪宣告冬天的消息
一场大雪也描绘冬天的早晨
当正午的炊烟袅袅
一条大路变得泥泞，沾污行走的脚

也沾污他们华贵的衣裳
让道路成为行走的负担，让生命感到沉重
面对清新的空气纯净的拂晓
想放马高歌，却难以发出声音

我和冬天的树木一起拒绝死亡
只让百草去装点冬天的寒冷
在旷野的积雪下面，弱小的生命互相抚慰
携手度过漫长的冬天

也携手迎来朝霞晕染的黎明
就在长夜使积雪变得坚硬的时刻
明亮的寒星在苍穹的极顶
看到春天纯白的衣领，也看到她巧笑的面容

1991 年

冬天的秘密

冬天，冬天，请告知你的秘密
我在季节的路口盼望你的使者
我在时间的轨道上寻觅你的踪迹
你如期而归，飘飞的雪花打中我的肩头

我怀念你洁白的童话
在每一个升起炉火的傍晚
当寒风传递迟到的佳讯
掠过高高的树梢，我怀念每一条积雪的道路

我也怀念丛林中温暖的小屋
我和孤独的猎人一起踏遍幽深的山谷
在黄昏，桦皮的篝火将我照耀
华光普慧，我是你正在成长的儿子

我在你的季节书写你的颂歌
在你的傍晚聆听你古老而常新的故事
午夜，万籁俱寂
我也歌唱纯洁而伤感的爱情

1991 年

冬天开始的时候

时间，时间，请你点燃我的蜡烛
在冬天开始的时候，我只需要
这一点点温暖和小小的光明
我知道你像一个狡诈的巫婆吮吸我的生命

我在你之中，是你的俘虏和情侣
为你守候一个秘密洞口
等待发芽的春天落下阵雨
潇潇点点，渲染早春灿烂的色彩

我在冬天来到你漫长的大路上
我的生命系在你精心编织的网中
树木和百草在假寐中喘息着积蓄力量
动物们在睡梦中发出原始的鼾声

在你的上面时间连绵空间无限
把握不住的声音窃窃私语
仿佛歌仿佛泣，整个冬天人们依稀听到
国王正在死去的消息到处流传

1991 年

穿越季节的防线

众鸟高飞，众鸟掠过大地的经纬
穿越季节的防线，我寻找深深的流水
寻找酣睡的棕熊，刺猬，松鼠，蛇
还有密林中一堆温暖而深情的篝火

穿越冬天的故事也穿越我
去寻找积雪的道路和道路上
一支平静而深沉的骊歌
探看是谁在向春天招手进行诱惑

穿越冬天古老的童话，在寂静的夜晚
面对孩子们天真的笑脸讲述未来
讲述结成岩石的眼泪
然后在院子里堆起雪人

在冬天，谁是我多情的恋人
收集雪花浇灌麦田
在积雪掩盖的屋子，是谁让一支歌谣去流浪
在高高的树杈上结成冰凌等候我的消息

1991年10月于赤峰阿鲁科尔沁草原

怀念草原（组诗）

远离草原的日子

远处的湖泊仿佛草原的眼睛
蜿蜒的河流是流淌的银子
幸福的牛羊，牛羊多么安详
一群又一群百灵飘荡在天空
夕阳西下，奶茶飘香
洁白的毡房，撒落在山腰上

我在远离草原时心怀惆怅
蒙古长调是刻在我内心深处的创伤
我哭出的是老哈河的泪水
在梦里河水汤汤，牧草茫茫
小乌兰骑上虚无的白马追逐夕阳

一片白云告别他的故乡
是谁曾到草原去流浪
是谁把草原当作自己的梦里故乡
乌兰哈达，乌兰哈达 *
我赞美你这鲜血染成的山岗

2000 年

* 乌兰哈达：蒙古语，红色的山岗，也译赤峰。

乌珠穆沁哀歌*

大雪降临，大雪降临
乌珠穆沁，满山的葡萄承受不了白雪的重量
风暴中牛羊的惨叫击碎丰收的热望
勇敢的牧马人，挥舞无奈的套马杆
放牧无边的孤独

心爱的群马迷失在漫天的风暴
马头琴从此休止，悠扬的牧歌不再

在如此惨痛的时刻
大雪掩埋了道路，人和牲畜都无路可逃
蒙古包中，年老的阿爸和我相对痛饮
一曲《色楞格河》，寄托我们冬日的悲哀

大雪，大雪，连绵百日的浩劫
让生活充满饥饿和寒冷
今天的羊群走不到明天的家门

乌珠穆沁，孤独的敖特尔
山顶上的寒星照耀微茫的雪原
刀子一样的寒冷割断回家的期望
乌珠穆沁，让我心疼的草原
神圣的敖包再也难以指引我的迷途
斯琴、塔娜，我的姐姐和妹妹

---

* 乌珠穆沁：蒙古语，葡萄。2000年内蒙古中东部下了一场百年不遇的大雪，且断断续续持续了三个多月，牧业损失惨重。

沿着怎样的道路，我们才能找回昨日的黎明
沿着怎样的乐谱，我们可以重温
蒙古包悠远而深情的长调

2000 年

草原的黄昏

我坐在草原的边缘，独望黄昏
我的背后，衰草连天
暮霭的余晖涂抹满坡的悲哀

夜色满山，牛羊下来
一颗寒星如孤寂的马灯悬挂穹顶
马头琴如泣如诉，悲噎千古
小路如命运
曲曲弯弯看不到尽头

我在夜幕的背景下扳鞍上马
我在星光的照耀下追逐原始的苍茫
一只苍狼长嚎拜月
北方啊北方
我一个人唱不出你的寂寞与忧伤
一万个人也唱不出你的雄浑与悲壮

此刻，蟋蟀和鹧鸪都不做声
一只夜行的鹰
轻轻滑动它的翅膀

2000 年

侬吉雅*

也许你只是一个普通的牧羊姑娘
你的羊鞭并没有打在我的身上
但你的歌声却比鞭子更深刻
一个旋律深藏在我的血液里
一个秘密珍藏在心尖上

在你洁白的毡包里，品尝你亲手熬制的奶茶
牛粪火把我温暖，铜茶炊把你照亮
你粗糙的双手捣着奶子
奶牛在哞叫，牧羊犬围在身旁
包顶上新鲜的奶酪散发着幽香
你轻轻地回眸，那一片纯洁的海子**呀
把我的心都淹没了

依吉娅，你像长调一样忧郁
巴特尔，我像河水一样悲伤

你挤奶，你牧羊，你走过铺满夕阳的山岗
你告别，你挥手，你像一只歌谣流传在草原上

虽然我远离草原，每当夜晚
我都会把苍穹仰望
夜色覆盖你的包顶
今夜无眠，苍狼星把你我照耀
你心无依，我心流浪
月光中漂泊的白云
是我渴望叩访的毡房

2000年

---

* 侬吉雅：一支蒙古民歌，也常作女孩的名字。
** 海子：方言，内蒙古人对湖的称谓。

蒙古包中饮酒

端坐在穹庐的中心
牧马人
轻抚无弦的马头琴
仿佛轻抚心爱的骏马
骏马长嘶，蹄声远在天外
只有纯银的马鞍遗留在草原
承接露水，守候明天

我轻啜香甜的奶茶
畅想铁戈金马的时代
祖父的套马杆迎风兀立
苍狼长嚎
在寂静的夜晚
红月亮躲进铅灰的云层
怕那凄凉的叫声惊醒自己的睡眠
唯有酒，唯有酒
在苍茫的夜晚
让我倾心相拥，痛饮不归

2000 年

桑根达来之梦

夜色沉寂，无人入梦
一群骆驼时奔时停
巨大的蹄声踏碎今夜的沉静
是谁？今夜未归
在桑根达来的山顶
等待心爱的姑娘

夜色渐深，夜凉如水
诗句如露珠缀满林梢
牧羊犬的一声小吠唤醒沉睡的夜枭
是谁？在这样的夜晚
唱着古老的情歌，计数带露的星辰

野坡如诗，起承平仄
桑根达来，一曲遥远的牧歌
在远离现代的日子里
一盏旧马灯点燃我的爱情

桑根达来，今夜
你是宇宙的中心
我是待浴的婴儿

2000 年于大连

梦回敖汉（组诗）

草原群马

草地掠过的马群
像一阵风雨，又像一阵雷鸣
无论你怎样想象或者夸张
它的来去
都是比匆匆更匆匆

或是四蹄踏雪或是月下追踪
更多时它们像大海中的漩涡
运动中卷起龙的旋风
这些神骥把广阔的草原当成背景
只要蒙古汉子一声吆喝
立刻就有了骏马追风
无论风高月黑无论旷野狼行
马背上的汉子喝一口老酒
就成了孤胆英雄

走过黄沙，波澜不惊
掠过草地，昂首嘶鸣
让远方的客人一起惊叹吧
这马群跟着永远的苏鲁锭*

2017 年 7 月 28 日

---

* 苏鲁锭：一种用牛尾上的毛装饰的大矛，也被称作是成吉思汗军旗。

沙漠驼队

驼铃和歌声踏过荒原
无数旅人驻足在乌它山下
远望是百里平畴风景如画
镶了边的是科尔沁的无边金沙
这驼铃，这草原，这黄沙
曾经是传说般的遥远
而今，一队红驼带你走进梦中的图画

远天湛蓝，像是无数匹巨大的绸缎当空悬挂
野花野草纷纷竖起耳朵
它们在偷听人们温馨的情话
一只兔子站在沙包顶上
它是嫦娥的玉兔吗？
是否，它的玉杵在草原深处落下

沙漠中的驼队，骑行人来自千里之外
骑行人来自万户千家
但只要来到乌它山牧场
那座神山就是你的路标
这座牧场就是你今晚的故家

远行的驼队不要停下
寻找的目光要穿越云层穿越黄沙
生活的道路曲折坎坷
只要有驼铃相伴
今晚的乌它山就是天涯

2017 年 7 月 28 日

小蓟花开

小蓟花开，就是天边
抖开一片紫色的云
它的背后说不尽连绵起伏的黄沙
梦中的驼铃渐行渐远
沙漠之舟，它载着谁去追寻儿时的童话

是谁，在沙漠上画出层层叠叠的波浪？
是谁，在西天涂抹出梦中的晚霞？
一曲悠扬的马头琴就是昨天的历史
今天的你，是否还在浪迹天涯

小蓟花开，有多少日子
赢得了季节的盛夏
小蓟花开，又有多少旅人
错过了和云朵的对话？

我在小蓟花开时来到乌它山脚下
我看到的花花草草全都是我的老朋友
它们纷纷随遇而安扎根落户
我知道，此刻我的心儿已不再漂泊
一艘倦行的航船
把船帆轻轻落下

2017 年 7 月 29 日

星光下的篝火

星光下的篝火欢快跳荡
宛如一大群松鼠在曼舞轻扬
晚风吹送着一只醉人的乐曲
让每个现实的人，都有了超越现实的幻想

星光下的酒歌热烈高亢
安代舞让人想到万马奔腾的沙场
火光中最美的身影是仙女下凡吗？
她究竟是谁梦中的新娘？

一片星光连起另一片星光
无际的天穹就是一座浩浩毡帐
美妙的歌舞串起今夜
忘记所有的忧伤与累赘
舞蹈的双手，安排快乐的星光

举起酒杯，斟满星光
我们相约在美好的牧场
让骆驼安息让骏马脱缰
流浪在草原的，是我们不倦的歌唱

星光下的火焰点燃醉人的诗意
酒醉后的舞步是倒植的意象
就这样，就这样
热烈的篝火对着倾心的流浪

2017 年 7 月 29 日

想到家乡的谷子、老树和古井

谷雨刚过的大地
天气朗润，田垄悠长
我看见一群燕子在村前村后旋飞
耕牛拉着拱起脊背的犁杖
我听见父辈的吆喝
村民的喧嚷，赶牛的鞭声
也在空中回响

跟在父亲身后的是辛苦勤劳的母亲
她均匀地敲着点种的葫芦头
把希望的种子洒在大地上
柳树泛绿，大地返浆
我已经看见秋天的田野金黄铺张

八千年的敖汉*啊，八千年男耕女织的景象
金黄的谷子从此走向世界
从这里开始，人类才有了小米饭的芳香

而今，八千年的景象已经变样
现代化的敖汉有欣喜也有忧伤
淳朴的风情已经远去
远去的还有老树古井和讲不完的故事
永别了，童年时五味杂陈的欢乐时光

2017 年 4 月 9 日

---

* 敖汉：发现于敖汉的兴隆洼文化，经碳 14 测定迄今八千年。这里发现了最早的谷子碳化物，被誉为世界小米的故乡。

故乡的秋夜

故乡的秋夜，我看不见满坡的树木、五谷
看不见亲切的玉米、高粱
看不见砖房、土房、小路、泥墙
我只看见灯火阑珊，新惠路人来人往

那是些什么人呢
他们怀揣梦想匆匆忙忙
有人伤感地嫁女，有人欣喜地做了新郎
一条大路连接昨天与今天
一片灯光指引回家的方向

醉酒的人东游西逛
清醒的人愁思怅惘
星星比较稀疏，月亮悄悄隐藏
明天是风是雨是暖是凉
谁能安排疲惫的庄稼
回到属于自己的粮仓

我走在故乡的大街
仿佛走在异国他乡
一切都很陌生
只有心跳还是当初的模样
故乡，我是远游归来的浪子
今夜，我思念的诗行
是你闪烁的灯光

2015 年 10 月于故乡敖汉

乌拉盖河情思（组诗）

我在海滨遥想芍药花开

想象是一支神箭，射向充满魔力的远方
诗意是一壶老酒，霍林河谷将它打开
让世人闻到洗魂醉魄的芬芳

我在海滨遥想芍药花开，眼前一片朝霞荡漾
红的芍药，粉的芍药，白的芍药
众仙女下凡，把人间的山谷打扮成天堂

想找一个词描绘这十里芳香
没有一个词契合她的百变模样
想写一首歌唱唱她的美丽
没有一支旋律驻足她的五色彩帐
只有奔跑，只能呼喊
或者累了躺在花下看蓝蓝的天
看无数的百灵飞过，抛下它们天籁的合唱

我在海滨遥想芍药花开
人已经醉得东倒西晃
我看见无数的芍药花朝我走来
要扶住我这醉花的迷狂
我知道，有千百个诗友与我同行
去霍林郭勒的山谷
寻找参悟生命的轻舞飞扬

2016 年 6 月 23 日去往霍林郭勒的列车上

芍药花，你是我的妹妹

听说你在乌拉盖安家
我就想即刻飞到你的身边
好像一个和妹妹失散多年的哥哥
不管你在哪里
都是我惴惴不安的一份牵挂

我从千里之外赶来看你
看你的美丽和自然，看你的沉静和灿烂
在乌拉盖芍药谷，你一切安好美丽绽放
我知道我以前的担忧和焦虑都是多余的
你已经有了自己的位置和生活
你已经和这里的山山水水
融为一体不可分割

我想说：妹妹，美丽的妹妹
你在这儿安家是你和草原的缘分
也是草原的福报，从此以后
乌拉盖不再是他乡
是故乡

2016 年 6 月 26 日

六月到天边草原看芍药花开

那么，说走就走吧
霍林河的弟兄在召唤
山谷里的芍药花在召唤
把童年放一边，把青年也放一边
把逐渐多起来的白发也放在一边
不管多少岁，我们与青春和诗意同行

山那边的山云这边的云总有些联想剪不断
花这边的花草那边的草总有些相思理不清
但只要愿意我们可以放下一切
然后到天边草原，到乌拉盖山谷
看芍药花开，看南来北往的人因芍药而醉倒

是的，芍药花一直在我的梦外
当温和的大象告诉我
六月的一场雨后乌拉盖山谷的芍药
全都赶赴这一年一度的盛会
仿佛是命令仿佛是号角
我匆匆赶赴这诗意的相约

一株芍药和一株芍药是美妙的初次约会
一片芍药和一片芍药是热烈的久别重逢
一面坡一山谷的芍药
是舍生忘死是一生一世的深情
让天地馥郁芬芳，让山谷激情浩荡

六月到天边草原，六月看芍药花开
即是人生的一场大醉，也让生命从头再来

2016 年 6 月 27 日

乌拉盖河情思

明镜似的蓝天，覆盖着翠茵铺展的山谷
白云朵朵为天上的诸仙铺路
一条神圣的大河
在大草原上播撒母亲的初乳

我到来时夕阳正在涂抹余晖
彩霞满天仿佛巨大的画布
我和诗友们目瞪口呆
被这超出想象的曲折镇住

是否？哺育万物要有足够的耐心
或者生儿育女必须要经历千辛万苦？
还是生命本来就有无数艰难
您只是用形象把奥秘说出？

乌拉盖河啊，草原的母亲
看到你的真容我匆忙匍匐
我好想和你诉说失去母爱的痛苦
一个行走四方的儿子
不得不承受只有母爱才能消解的孤独

在乌拉盖河边我停下脚步
夜空徐徐合上天边的大幕
我虽听不见那滚滚的涛声
天上的星星告诉我：母亲河有话要和我倾诉

乌拉盖河啊，草原的母亲
获得您显示的道路我已满足
我认识了爱的基因爱的图谱

喝过母亲河的圣水
我就得到母爱的博大赞助

2016年6月27日于霍林郭勒草原

亲爱的妈妈，夜晚来临了

亲爱的妈妈，夜晚来临了
您从田野里归来，暮色就在身后
您背上是一大捆枯萎的青草
身旁是疲惫的老牛
这时我们的房子已经开始模糊
邻家的大树和大树上的乌鸦
已经安息

妈妈，亲爱的妈妈
您燃起灶火，打扫房间
把惊慌的小米倒进锅里
把清纯的井水倒进锅里
灶火映红你的脸庞
我拉着风箱为您伴唱

一大锅金色的小米啊
快乐的小米
朴素的蔬菜
是您孩子们成长的黄金搭档

亲爱的妈妈，美丽的妈妈
操劳了白天又操劳黑夜
碾坊，您推走自己的健康岁月
灯下，您缝补我们的温暖人生
您认真地计算每一分钱的用途
减消一切不必要的开支
千不该万不该，您把字典里
“休息”这个词删除了

从太阳升起又落下，
从星星出来又隐没
您把字典里
“休息”这个词删除了

妈妈，亲爱的妈妈
劳累一生的妈妈
一想到您的字典里删除了“休息”
就看到您操劳的身影，令人心疼心碎
您知道吗？您匆匆的离去
让我们再也无法找到安慰和平静

2011年2月

妈妈，您一走进园子

妈妈，您一走进园子
满园的蔬菜瓜果全都笑了
南瓜角瓜很大度，您放在垵子里的肥料
它们记着呢。您对它们也像对您的孩子
好好长吧，我的孩子都等着呢

辣椒很害羞，茄子涨紫了脸
它们漂亮的叶子轻轻舞动
是一阵阵风在说悄悄话
还有葱啊韭菜啊他们使劲地绿啊长啊
您也知道：它们都是您的孩子啊

那些豆角、黄瓜您也不忘记
您摇起了辘轳，打水打水
千万次地打水千万次地倾倒
我站在园子的这边开畦口
看见那清澈的井水像一条随心的小河
又像地图上的道路，它们走得弯弯曲曲
要一个下午啊，才能水汪汪地走遍园子

妈妈，你看一个个畦子，镜子似的映着蓝天
这就是我后来写诗的稿纸吧，妈妈
您看，蔬菜瓜果那个高兴啊
它们也晃动着身子喊“妈妈”

水渠旁的马兰啊，水井旁的地蕾儿
使劲地开花，长劲儿

为着您的持续不断地关怀和伺候
它们可有心眼哪

妈妈，您一走进园子
满园的蔬菜瓜果全都笑了

2011 年 2 月

我在甘肃看到的玉米

在甘肃，在肃南，我看到玉米
已经收割过的玉米或者疲惫地躺在地上
或者叶子枯黄精神萎靡，站在秋天的旷野

司机师傅说，这玉米是种子，不同于转基因
不同于饲料，它们是珍贵的种子
他的话，让我看到明年
大地绿意茵茵，田野黄金满地

这是我熟悉的玉米啊
就像邻居的大姐大嫂，她们总是大声地说话
和别人说起自己的丈夫、孩子毫无顾忌
甚至她们还会和男人一样赤足走在田埂上
让一路的黄昏哗哗作响

看着它们，仿佛也看到我的童年、少年
我和父母在玉米田里劳作：间苗、除草、追肥
这些感恩的玉米，根须扎在大地，叶子彼此相连
她们拿出五色的璎珞挥舞扬花的穗子
宣示即将到来的秋天

在秋天，玉米们好像是怀孕已久的妇人
不停地在人前晃来晃去
这样既暴露成果也显示幸福
有了即将到来的金色娃娃
这些邻居大姐没有理由掩饰什么

在甘肃，在肃南，我看到大片大片的玉米
做种子的玉米。这些高贵的植物
让我心生敬仰热泪盈眶

2015 年 10 月 8 日于肃南

三十九敖包像一行大雁

深秋的贺兰山五色杂陈
穹庐之顶是茫茫云天
我们一群人像小小的蝼蚁走进万重关山
道路盘桓曲折像缩束的绳索
山岭上的三十九敖包
像一行飞落的大雁

一个敖包矗立在草原是牧人的路标 *
他们在这里相识相恋祭奠苍天
两个敖包立在山岭像是邻居和兄弟
彼此听得见相约的呼唤
额尔敦十三敖包是王爷是梦幻是佛缘 **
千里百里的牧民来此朝拜长生天

而今，在贺兰山深处
我对面的三十九敖包让我目瞪口呆不知所言
我只能想象它是一行在此栖息的大雁
贺兰山，贺兰山
是它们遥远路程的小小驿站

三十九敖包，一行飞落的大雁
当你们起飞奔向遥远，你们可要带上我
我是你们失散的弟兄
为寻找你们，我已白发苍颜

2015 年 9 月 28 日晨于阿拉善贺兰山中

---

* 敖包，草原上的路标，也是蒙古族祭奠天地神灵的地方。
** 额尔敦十三敖包，在内蒙古锡林河畔。

雨，在贺兰山深处

雨，在贺兰山深处
与宗教同形
与思念和幻想同形
与诗意同形

当我们告别仓央嘉措，告别他的灵塔
诗意却在脑海中徘徊上升
仿佛我们转山转水转佛塔
仿佛我们在等待宿命中的重逢

贺兰山层峦叠嶂，远处的天空云雾迷蒙
我们走到雪岭子，看彩色的林莽，听浩荡的松风
五色的经幡带不走尘世的痴妄懵懂

当薄雾变做浓云，当阵雨落在身上
我们才知道不是阿拉善干旱少雨
而是所有的雨都在等待让它飘落的阵风
雨落，缘起
雨停，缘尽

在瞻卯山悬空寺，一块响石传达信仰的坚定*
在三十九敖包，我们沐浴着贺兰山深处的雨
默诵着“那一天那一月那一年”
眼前是望不断的贺兰山
头顶是累累相依的云层

---

* 悬空寺有一块石板，据当地牧民说敲击它时青海塔尔寺能够听到。

一条曲折的山路
领我们来到诗佛的面前
一场意料之外的小雨
泄露我们的行踪

2015年9月27日中秋节于贺兰山

额济纳达来呼布怪树林 *

穿越三千里距离
宛若穿越三千年时光
偌大的胡杨林展示着生死轮回的幻象
有的绿有的黄，它们死得安宁生得倔犟
世人命名为怪树岂是正解?
这里是众罗汉修行的道场

生，千年不死是坚韧
用生命展示修道者的信仰和顽强
死，千年不倒是禅定
外离象曰禅，内不乱曰定
世人所说之死
恰是修行者在体验宇宙洪荒
倒，千年不腐是涅槃
是众罗汉修成正果的示象
一切有为法皆是幻象虚妄

我从海滨来到额济纳
来到达来呼布看壮阔波澜的胡杨
千姿百态的生生死死不屈不挠
让我看到一部经书和
不朽的佛光

2015 年 9 月 29 日于额济纳

* 达来呼布：蒙古语，大海的深渊。

额济纳风雨大作

九月二十八二十九日
阿拉善额济纳晴空万里，白云微微
我们在大漠中的怪树林黑水城
畅意游玩，登临怀古

有人说，明天温度下降十度
我们以为在瞎扯。这么蓝的天这么暖的风
冷漠怎会无缘无故到来？
夜里，我们听到风声
窗子害怕得啪啪作响

清晨的窗外是灰蒙蒙的
我们以为西部的早晨向来如此
等走出门，我们看到雨，珍贵的雨
极度稀缺的雨正在淅淅沥沥
司机师傅说，从昨天晚上一点一直下到现在

雨呀，雨。胡杨林经过这场雨
会是什么样的色彩？
我看到城市中的树木在风中，在雨中瑟瑟发抖
此时，叶子的分量仿佛很重
它们一片片飘到地上
再也不能飞翔

雨后的大风让旅途变得艰难
我们穿越戈壁的行为似乎成了冒险
乐意于风雨无阻的旅行——
金张掖在前头召唤

2015年9月30日于额济纳

故乡 · 屋檐

我曾住过有屋檐的房子
在故乡，童年破碎而美好
几乎所有的房子都伸出屋檐
住在有屋檐的房子里
日子悠闲而忙碌
人们彼此亲近彼此依靠
劳碌一天回到屋檐下
心也就跟着回到了家

雨天，雷鸣阵阵天空很低
雨水顺着屋檐穿成珍珠的链子
童年的我
透过雨帘看外面的世界
一群燕子们在晒衣绳上排列
它们跳荡呢喃，而后交头接耳
它们的小心眼我不懂但也猜得出
它们的家也在屋檐下
我猜不出原因的是
那么多雨滴
为什么打不湿它们的衣裳

麻雀也热爱屋檐
这些爱热闹的鸟儿
没有纪律没有自尊
总是目光短浅失去目标
不像燕子，沿着大地的经纬
在季风中南来北往生儿育女

乘着季风而来的鸟儿
必将乘着季风再次远去
而住在城市里的我大意失荆州
远离了屋檐和乡村

童年的屋檐总是滴着雨滴
似乎是一首歌谣
有时在远方，有时在梦里

2017 年 8 月于大连

听说山顶可以看海

听说山顶可以看海
我们看海去——
杜鹃花告诉山脚的柳树
柳树说：这里亲戚众多土肥水甜
离开山脚生活会很艰难

听说山顶可以看海
我们看海去——
杜鹃花告诉山腰的槐树
槐树说：这里向阳背风视野很宽
离开这里土质就很瘠薄
难保一日三餐

听说山顶可以看海
我们看海去——
杜鹃花告诉山窝里的寺庙
寺庙说：远离尘嚣亦不必临危涉险
心中有海，又何必辛苦登攀

杜鹃花一路走一路攀
它们的队伍浩浩荡荡
它们的歌声遏云震天
一路的花开开成一条大河
一路的花开染艳了一座花山

终于到达山顶，终于看到大海了
杜鹃花对大海说：

我投给你满山的花容灿烂
报答你深情的壮阔波澜

2016年4月于大连大黑山

在生死之间穿越一场大雪

——听闻诗人老W为友人送葬有感而作

一场大雪铺满山岗
在北方不是偶然事件
当然，一个人的离去
也不是偶然事件

大雪模糊了生死的界限
也模糊了黑白的界限
生死模糊了是非的界限
也模糊了荣辱的界限

山路坎坷曲折，我不得不走走停停
暗示通往天堂的路并不顺畅
汽车马达的轰鸣惊扰了一群乌鸦
它们振翅远飞又旋回到我的头顶
我想到你也会留恋人间
也会一步一回头

远望积雪皑皑，深感前路茫茫
寒冷的不只是天空的飞鸟
山路上那么多行人
全都心事重重形单影只
来到这个世界多么偶然
而离开却是注定的必然
没有人能躲过这一天

亲戚或余悲，他人亦已歌
五柳先生早已看破这一切

再妄议多少又有何意义？
一个人的生死或许只与自己相关
在大雪堆门的山野
我停下脚步，为你斟一杯美酒
这情意，可否随你到黄泉？

积雪遍野，群鸦无枝可栖
我怀抱这份珍贵的寒冷
走过这随意起伏的群山
我的心犹如冰冻的湖面波澜不惊
折叠起通过雪地的这一天
我看到群鸟落在你的坟头
我的心飞上雪后的穹顶

2018 年 1 月 27 日

第二辑

幻象花朵

与德令哈和海子有关（组诗）

到德令哈和海子一起回忆八十年代

海子，八十年代是神圣的
那么多人身无分文怀揣梦想
懵懵懂懂闯入诗歌
有人呐喊，有人哭泣
有人深沉，有人抒情
而你面朝大海无比孤独

海子，八十年代是天真的
大家像一群文化乞丐
从西方到东方饥不择食又乐不可支
一会儿现代，一会儿传统
追慕前卫又回归古典
那时的一切是纯粹的
不像现在，一地鸡毛

海子，八十年代是年轻的
诗人们囊中空空也敢遍游祖国
诗歌让诗人们彼此成为兄弟
小酒馆或者穷乡僻壤
一首诗歌让诗人赢得青睐和朋友

海子，八十年代啊
自由和梦想像成吨的黄金为诗人所拥有
蓝天和大海也毫不吝啬，而你依然孤独万分
这个世界不是你的世界，所以你选择远行

西川来信了，只有一句话：
海子死了

海子，你死了
八十年代也就此打住

2017 年 8 月 11 日西宁至德令哈的飞机上

海子，我今天来到德令哈

海子，今天我来到德令哈
来到你的诗歌陈列馆
这里行人稀少而且停电
工作人员打扫着看不见的灰尘
我感到你仍然被孤独所淹没

海子，你的孤独比茶卡盐湖大
比青海湖也大。你的孤独高过了天空

今天，我越过白云的天帐
穿过阳光的帷幕来看你
你仍是八十年代年轻的脸
胡须演绎着成熟，笑脸暴露了天真
你的眼睛明亮像孩童

海子，如果你不走
我无法预测你的晚年
我想象不出你也会老
也会老态龙钟发稀齿摇

永远年轻的海子对于海子
是幸福完满的
光荣与梦想都已定格
人们记忆中的海子
永远风华正茂才华横溢
而对于苍老的母亲
日日的悲伤与思念让人心疼

悲伤的母亲不管在哪个世界
都会扶门而望，她和我们一起盼望
或许某一天，重生的海子
会在月夜踏雪归来

2017 年 8 月 11 日德令哈海子诗歌陈列馆

夜色中的海子诗歌陈列馆

海子，我在酒醉之后告别友人
我在无边的夜色中
听到音乐萦绕穿透夜空
它吸引我来到海子诗歌陈列馆

你的诗在这里，我就当你也在这里
现在，夜色苍茫灯火明亮
一个异乡人怀念另一个异乡人
这情景是否有些乖张？

夜色中的陈列馆无比安详
你的那些诗歌也会就此安睡
它们依然会排列成行
永远是你写出它们时的样子
那字字句句自有光芒
它们熟悉你的孤独，带着你的忧伤

现在，陈列馆空无一人
整个院子也显得空空荡荡
我默念着你的一首诗
走过一座座诗碑，穿过德令哈广场
远处的祁连山柏树山我已不关心
今夜，是德令哈之夜
你的诗歌已成为一个标志
是德令哈最有价值的勋章

2017年8月11日夜在海子诗歌陈列馆

房子与明灯

在德令哈
天空是我的房子
在德令哈
半月，是我的明灯

在德令哈，不是每个人
都拥有一座房子
在德令哈
每个人都拥有一盏明灯

西部的马群驮着歌谣
穿越草原穿越祁连山
马蹄声如鼓歌声似雷
它们一一点亮我幻想中的大厅

在德令哈，今夜无眠
在德令哈，我跨上梦中的白马
追逐昨日之诗歌
穿越未来之黎明

2017.8.12 凌晨

与德令哈的约定

海子，在德令哈，你要抓住什么
一切都空空荡荡，眼含泪水的姐姐
试图理清缠绕你的绳索
你突然打马而去，不得不放手的姐姐
怎么也看不到你指给她的那片光明

海子，在德令哈，你回忆什么
生命美好或是残酷都不由自主
人生却又如此步履匆匆
是否，你预感到一颗流星的划过
让所有注视它的人都会在心里
一阵阵发冷

德令哈，我并不理解你的沉默
也不能向世人解释这神秘的地名
只是你与诗相关。一个诗人
曾徘徊在你清冷寂寞的街口
你成为写诗人的一个烙印
一想到你，我们就感到有一种心碎

德令哈，德令哈
我不告诉别人你的秘密
你也不要让别人
打听到我的行踪

2017 年 8 月 12 日凌晨于海子花园酒店

驻市诗人

昨日的积雪还留在祁连山顶
今天的我将悄悄离开

再来看看海子
把洁白的哈达挂在门头
希望海子知道，尽管他走了很久
这人间也还是贪嗔痴爱难以分开

西天的半月不明不白
做了德令哈的明灯
它也要重新等待

“面朝大海，春暖花开”
诗意精神，是多么神奇的存在
一首诗已经足够不朽
海子啊，海子
你是德令哈永远的驻市诗人
你的诗名与这座城同在

2017 年 8 月 12 日海子诗歌陈列馆

我已经走过万水千山

秋天愈深了，心怀叵测的北风
还在季节的边上徘徊逡巡
我看见它们的刀子闪着寒光
这让胆小的人不免心里发冷
我的天空却是天高云淡一鹤独飞

我已经走过万水千山，远方的道路连接村寨
远方的炉火渴望溪水，远方的牛群耕耘梯田
在我的诗中，这些远方的事物
有的质朴高贵，本性显示光芒
有的暗藏阴谋曲径通幽
它们已成为我的疆域和王朝
山水千秋容颜未改而我已经白发斑斑

我已经走过万水千山，故国的四季
犹如一个个典故生机勃勃蕴含深远
大山深处的禅房门外
几丛经霜的菊花让菊香满院没有纤尘
我抚摸过的高山茶树芽叶肥硕
等待如兰的手指粗糙的手指有约相遇
它们的一生，韵味丰富话语饱满
煮熟的流水激荡它们的灵魂

是否，我该就此隐姓埋名
在通往诗歌的所有路口安营扎寨
用那些赋予生命的词汇垒起烽火台和垛口
万水千山就是我的长城啊
我把一个个带着爱意和思索的句子

射向远方，射向人群
鸿雁衔诗，在你寂寥的梦中排成长队

是否，我该继续年轻时的雄心和梦想
大山依然坚定，河流仍在成长
一个人走在诗歌的路上
有时繁星满天，有时荆棘遍地
偶尔也会遇到同伴的尸骨和收拾残局的秃鹫
诗人们既志同道合又分道扬镳
江山风雨，山水多情
诗人流落他乡，看到风车和骏马
也遭遇友谊和爱情
这一路的心动、感慨和创伤
是生活赐予，也是上天安排的馈赠

2017 年 9 月 29 日

我像一只自己梦里的游鱼

盛夏的七月八月
我像一只自己梦里的游鱼
我遨游那些地理书上的地名
曾经，它们只是和我不相关的山水
山西、宁夏、甘肃、青海
而今，我游过那片片陆地
划过那片片真实的云水
我心中那些不知所云的词汇
开始集合，有序排列
它们有时蕴含深刻，有时又不知所云
这让我既感幸运又茫然若失

你见过深秋天空的大雁吗？
如今我的思想就是那些大雁
它们列队，鸣叫
在人们的注视下飞过天空
而秋水苍茫，似乎容不下这些孤独的灵魂

盛夏的七月八月
我像一只自己梦中的飞鸟
飞过那些陌生的山川河流草甸原野
一路盛夏，遍身风雨
我和新老朋友举杯相庆击鼓而歌
当远方和诗意都朝我走来
我先是懵懂沉醉
而后一路高歌痛饮不归

2017 年 9 月 28 日

永远的天边

一座城
空旷了千年
大漠的太阳再热
也给不了它
一丝温暖

一个人
行走千里万里
万里之外
仍是远方
远方永远不是
梦想的家园

但你仍要去远方
去远方
不是因为远方远
是每个人的心里
都有一个
永远的天边

2015年9月28日于阿拉善西夏黑水城

静观禅舞

蓝天拉开大幕，白云俯身凝望
甸子上的碱草因为仰望伸直了腰
一大群仙鹤翩翩起舞
没有人知道，究竟什么是它的缘起
此刻，所有鲜艳的词汇都黯然失色
高傲的山，挺拔的松柏全都低下头
它们目瞪口呆，不知所措

禅舞的众女子啊
一双双纤足在轻轻踏歌
我看到她们一颦一笑
全都是八十七神仙的衣袂婆娑*
手，有了飞天的轻柔洒脱
脸，就是观音菩萨的自在欢乐
醉心于举手投足的飘逸
此刻，她们已经远离人间烟火

静观禅舞的人们
沉醉于传说中的鹤舞草坡
而我却把她们当作一阙绝世仙乐
没有人能说出她们的旋转曲折
没有人能靠近她们的纯粹洒脱
一群禅舞的女子
就这样让蓝天更蓝愈加空阔
天上的白云也成了
她们手中的盈盈一握

2017 年 8 月 26 日于敖汉旗乌它山牧场

---

* 八十七神仙：指佚名画家的八十七神仙卷绘画。有传说为吴道子所画。

告别拉萨

是多少奴隶唱歌，打嘎*
一砖一石筑起庄严的布达拉
从此，佛国的辉煌
成为世人心中信仰的灯塔

拉萨，布达拉
布达拉，拉萨

是多少喇嘛，用虔诚和耐心
描绘千变万化的唐卡
佛祖的庄严肃穆，菩萨的慈悲密码
还有坚强威猛的种种护法

桑烟，佛塔
酥油，哈达

是多少因缘，让信众
穿越千山万水匍匐在佛陀脚下
六字真言，消弭世间的贪嗔痴怒
开启心中圣洁的莲花

拉萨，布达拉
布达拉，拉萨

今天，我告别拉萨，告别布达拉
心中的慈悲与不舍让我热泪抛洒

---

* 打嘎：类似内地的打夯，藏民手持一头带有石头的工具，一边用它捶实西藏特有的黏土，一边唱歌。

我将永远怀念这一切
佛的恩典，将陪伴我度过漫漫生涯

2015年6月22日于拉萨贡嘎机场

低头与抬头

天空有时低下头
海水有时抬起头

土地有时低下头
庄稼有时抬起头

诗人有时低下头
诗歌有时抬起头

从一个字一个词开始
我低下头搬动这些砖石泥土

诗歌的楼宇
渐渐抬起它的身姿

2017 年 7 月 11 日

西宁的夜空和星星

——致马丁诗兄及青海诸友

青海湖展示的碧蓝
最昂贵的颜料也画不出
西宁城隐藏的夜空
最纯粹的宝石也没有它干净

大街上西北初秋的冷清
有边城的寂寞和宁静
偶尔驶过一辆汽车
车上的人行色匆匆握紧寒冷

西宁的天空中那么多星星
有的星光暗淡，另一些却分外光明
就像我朋友们的眼睛
他们看着你：坚定、信任、充满热情

相聚的酒歌互相重叠留在脑海
醉酒的诗意尚且曲折朦胧
我们以诗歌的名义相识
以诗歌的名义重逢
也必定以诗歌的名义劳碌一生

弟兄们，诗歌是我们的水和空气
诗歌里有我们的宗教和热情
与诗歌不离不弃直到终老
无论奔波，笑傲或是死亡
我们都无愧今生

2017年8月14日夜再改于西宁火车站

青海湖之恋

天空之城，有白云的悠悠航船
碧水之城，有黄沙的金色浪漫
祁连山日月山兄弟联手
护卫着唯一的珍宝——青海湖
这是上天的恩赐，地球人世代相传

蓝得透明，宽得遥远
一群又一群水鸟先是不停地飞翔
又把它们的翅膀在岛上打开，晾干
最后一头扎进水里，寻找它们的干粮和麦田

环湖大道看不见尽头
无数自行车画出梦想的圆
一片又一片油菜花：金黄，饱满，灿烂
告诉我，它们究竟是谁遗落的黄金？
让我顷刻间就腰缠万贯

南来北往的人，看看湖水看看蓝天
大家怎么也分不清谁比谁更蓝
是打碎了蓝天放进湖里
还是把湖水当颜料涂满了长天？

青海湖，最美的碧玉摇篮
此刻，我们都成了顽皮的孩子
奔跑，喊叫，或是长时间站立发呆
没有谁能在这个时候，让我们心回意转

2017年8月13日青海湖畔

梦中的西夏

在银川，我看到梦中的西夏
一个王朝的背影在夕阳中如泣如诉
在人们的眼中，它是巨大而又沉缓的荒凉
它的前世今生没有人能从头说起

我长久地伫立徘徊，和夕阳默默相对
面对眼前的苍茫和偌大的黄土堆
我好想拥抱它，和它痛哭一场
李元昊，遥远的英雄梦幻的王
你的业绩和光荣就像这沉沦的太阳

在西夏故地，在大白高国 *
我看着那些似曾相识的点横撇捺 **
却找不到熟悉的四声和六书
西夏，西夏，我不知该以何种方式
祭奠这一个个硕大的孤独以及沉沦

千年的历史，千年的英名
浮云走过留下浩渺无际的虚无和空旷
也许，只有洞窟中端坐的佛和空中飞翔的鹰
曾经见过那梦幻中的所有
而时间的黄沙正试图淹没一切

2017 年 8 月

---

* 大白高国：西夏人对自己所建国家的称呼。
** 点横撇捺：指西夏文字与汉字颇为相似。

七月，在中卫沙坡头

沙坡头，是一个普通的地名
一个地方远近皆知让人趋之若鹜
需要地的契机人的缘分
这有时比人类的飞翔更不容易

在沙坡头，贺兰山，黄河，腾格里沙漠
就是三只性情不同的候鸟
一只青色的候鸟把翅膀张开
那是苍茫和辽远
一只黄色的候鸟也把翅膀张开
那是浩瀚寂寞蕴含挣扎与死亡
第三只候鸟张开一双翅膀
那是奔腾不息的地老天荒
它一只翅稍扑打着雪山
另一只翅稍朝向东海
托起太阳

沙坡头，沙坡头，三只候鸟栖息的地方
我从千里之外寻找你
终于，在你的鸟背上孤独一醉
不辜负我欲说还休的苦苦打量

2017 年 8 月 7 日

列车一路向西

列车一路向西
车上的人彼此陌生或彼此熟悉
已不是我们的考量
大家以同一个速度前行
这本身已是一个奇迹
何况我们都坚持在同一个方向

我身旁的大姐面带笑容心怀希望
她怀里的小孙孙，没有成年人那么多无聊慌张
他有的是无忧无虑的童年
谁能不感动于他天真无邪的模样？

列车一路向西
它的方向就是我的方向
窗外是农田，河流，山岗
秋风渐起，田野里的庄稼
开心地展示丰收的果实
漫山的树木已开始描绘秋天的苍茫

列车一路向西
大青海在高原上瞭望
塔尔寺，青海湖，可可西里都在召唤
德令哈也将天空揩得干干净净
一些崭新的星星刚刚被换上

列车一路向西啊
我的心已经更快地飞翔
它掠过西部广袤的大地

也飞越峡谷，森林和塬上的村庄
在永恒神奇的雪山之顶
它短暂停歇，铺开了小小的翅膀

2017年8月9日天水到兰州的动车上

高原越来越高

高原越来越高，隧道越来越长
车厢外，有时是漫长的黑暗
有时又是高原上清澈的阳光
穿越黄土高原的我
目标在前，那是青藏高原上的连绵云朵
和塔尔寺桑烟环绕的殿堂

彩色的风马旗在高原上飘
阅读藏经的秋风已经见多识广
我感到它们浩浩荡荡
把西北的云和南国的雨拢在一起
那是一次生死聚首
它们不是仰天大笑就是尽情地痛哭一场

高原越来越高，云朵也越来越亮
我眼前的这些云朵好像从来不知道痛苦
多么自在，它们就是
沉默寡言人心中的一个路标
也是刺刺不休的人身旁的一根手杖

2017 年 8 月 9 日于兰州至西宁动车上

高原蓝无所顾忌

高原的天空总是变幻莫测
让人摸不着头脑
今天早晨，高原蓝无所顾忌似乎透明而无极
我疑心那些蓝是冲着我来的

中午，白云漫不经心出现
有些是堆起来的棉花
而有一些像扯开的丝绸碎片
或者还有一些就是随意扔向空中的哈达

傍晚我和弟子走过东关清真大寺
云彩们漫不经心像是要滚滚移动
又像是山雨欲来。而高原的风
真是满楼满街让人感到说不出的爽利痛快

酒后走出萨拉人家
满天飞的云朵连成一片，遮住了星星
秋天的雨冷艳而决绝
一下子打湿了路灯下的光明

一觉醒来，冷月在窗
只有零星的云在陪伴着孤独终老的月亮
天空深邃似乎在暗示什么
我看不到的星星们
今夜，它们也全都远在他乡

2017年8月11日凌晨西宁

让我从一粒沙一滴水开始

让我从一粒沙一滴水开始
带走荒原上的微尘
只留下坚硬的等待和耐心
我给你三千座秀美的山峰
我给你五千条清澈的溪水
满坡的碧绿诗意流淌
说出一路的花香鸟语

不必着急，是在亿万年后
你来看我的创世神奇

让我从一滴水的熔岩开始
堆积未来的仙境神迹
精打细算是我的强项
可我也不知道一滴水
它到底会怎样地流淌漂移
十亿年后
你来，看我洞中的定海神针
看古今未见的旷世迷离

张家界啊，张家界
你积攒亿万年的珍宝
我就这样一览无余
仿佛漫漫的时光只是一眨眼
数万光年也只是伸手可及

我给你一滴一滴的水
你不必感激我

我带走你一粒一粒的沙
你不要记恨我
让我慢慢打磨慢慢堆砌
只要你有足够的耐心
我就能给你足够的惊喜

我是张家界
我是你们所不理解的岁月传说
我是你们热爱但不熟悉的亿万年光阴
我是熔炉中的通红的铁
我是岁月中无比坚硬的疼
谁能在我挣扎和疲惫的时刻
探望我关注我
我就是谁最深情的爱人
我是张家界
你走近我，我就给你我的珍藏
这亿万年的痛和爱
让你灵魂的面貌焕然一新

2017 年 12 月 10 日于张家界

开始，云停下脚步

开始，云停下脚步
不知是要听听风的动静
还是要放下它们携带的雨水
它们看上去既踌躇满志
又随遇而安

我在山顶，在云团之上
我和所有的诗人们携手云端
这是我们的山水之间
这是我们的云水情怀
这些云停在我的对面
在张家界，一片云海
让日月含情诗意无限

现在，云开始移动并撤出整个山川
而姿态各异的三千峰林
以不动的庄严注视我
让我一往情深忘乎所以

这是梦境里的山水前缘啊
不管我怎样的想象和构思
张家界，都在我们的规划之外
给我们的想象迎头痛击
我们只有臣服和赞叹
一段山水情缘
连接我的前世今生

2017 年 12 月 10 日于张家界

天门山杂咏

天门山，天门山，
天门开在天门山。
仙人未留天门匙，
未到天门只叹观。
我来天门山，天门云海间。
远望天际一银线，
划分了天上人间。
栈道危危临绝壁，
玻璃路上心胆悬。
人人自谓是英雄，
坦然过桥是好汉。

登临需远望，云梦顶上仙。
鬼谷洞中坐，弟子乱江山。
有人鼓唇舌，有人纵横连。
君不见东奔西走名利客，
今是昨非有遗篇。
天门转向成疑问，
天门翻水世道难。

凌霄台，倚虹关，
鬼谷捭阖设兵盘。
天门寺中修大道，
云梦仙顶走流岚。
醉云亭，扣云关，
木石之恋是奇缘。
奇峰怪石触目是，
鸟鸣兽走自在闲。

人生有味，江山无限，
未到天门终是憾。
他年来天门，沽酒天门山。
天门邀一醉，
做个神仙！！！

2017 年 12 月 11 日于张家界

天山之恋

在我的生命里
你是那么那么的遥远
焉耆、轮台、若羌、楼兰
那些陌生的古国
仿佛为我设置了历史的门限
天山，天山
是否就算我生出翅膀
也飞不过你悠远辽阔的蓝天

我常常在梦里把你思念
当我一遍遍地抚摸地图
天山，天山，你简直比梦境还要遥远
仙乐一般的驼队
刀锋一样的雪山
织女一般的姑娘
诗歌一样的雪莲
还有咒语一样的地名：吐鲁番，吐鲁番
那进去出不来的地方是——塔克拉玛干

八月的秋风送来亲切的呼唤，
我终于飞过八千里蓝天来到你面前
多么美好的旅程啊
我抚摸乌鲁木齐的红塔
我叩响交河故城的门环
我见过达坂城的姑娘
我到过燃烧的火焰山
是的，天山、天山
我和你真的前生有缘

当然，我也拜谒过记忆中的天池
走过茫茫无际的戈壁滩
我还穿越丛林中的小路
攀过南山牧场的桦木围栏
幻想中千年雪山孕育的雪水
就像母亲的乳汁
滋润着坎儿井的辉煌、吐鲁番的甘甜

我多想化作你千年雪峰上一株圣洁的雪莲
天山，天山，以我的艳丽增添你的妩媚
以我的纯洁衬托你的伟岸
即使我芳华落尽、老去容颜
我也愿化作一杯清茶
以我最后的温柔
祝福你今生平安、来生平安

2010 年 8 月 21 日于乌鲁木齐

梵净山大金佛寺弥勒金佛前*

究竟要用多少黄金
才可以打造最虔诚的信念
世间的功名利禄换不来
不生不灭的永远

究竟用多少技艺
才可以塑成最庄重的佛颜
人生的贪嗔痴怒烧不掉
颠倒梦想的深渊

弥勒佛，弥勒佛
你在未来示现
我在今生看见
肉身的我
还不能尽了尘缘

弥勒佛，弥勒佛
我三跪三拜
奉献您心香一瓣
在心里我已泪流满面
感谢今生的这段佛缘

2016 年 7 月 12 日于梵净山大金佛寺

---

* 梵净山弥勒金佛是世界上最大的玉石镶金弥勒佛，用去了 250 多公斤黄金。

梵净山顶遐思

而我说
此刻的山川才是山川
此刻的流水才是流水
此刻的白云才是白云

而此刻
尽管我目瞪口呆
云与雾，日光与雨
还是随性随意纷至沓来

而远处
时隐时现的庙宇岿然不动
山峰都倾向于神性的高度
有些比高还高
云雾或把它们抹去
或展示它们出来
我们无话可说
只是等待、欣赏和赞叹

而此刻，我和我的同伴
已经远离家乡，远离人间烟火
三世佛刚刚拜过
山的高度
已不再是绝对的高度

2016 年 7 月 11 日于梵净山红云金顶

信不信，有一个地方叫白狼

信不信，有一个地方叫白狼
也有一座山峰名叫白狼
从大连到白狼有一千多公里
只需四十分钟，从伊尔施就到了白狼
就此，一个四条腿的野兽
突然变成了一段醉人的风光

冰川时代的岩石堆砌成山岗
苔藓和地衣终结了生长的渴望
几乎寸草不生的岩丛
竟有几棵倔强的白桦和落叶松
它们千百年的坚持
让秋天更像秋天让山岗更像山岗

它们有的似千手观音
伸出那么多手，只因为
这世界有无数的苦难要变成吉祥
有的像苦修的罗汉
数百年的参禅为的是一旦觉悟
迷途找到方向黑暗看见佛光
还有双松并列成为大门
经过它们你就接近了传说中的白狼

白狼白狼，一座山峰
在秋风中摇曳阳光
白狼白狼，一个山神
守护着这片土地这个故乡

仰天长啸的白狼
你让我看见秋天的峦岭起伏山风浩荡
仰天长啸的白狼
你让我听到山崩地裂的远古声响

抚摸白狼，模仿白狼
我也仰天长啸，看看秋风
能否把我的声音留到明天
或者穿越明天到达更远的地方

2017 年 10 月 5 日于阿尔山白狼峰

登白狼峰看山间白桦树

白狼峰是兴安岭的一个片段
白狼峰是阿尔山的局部延长
当我向上攀登，冰川岩嶙峋乖张
白桦树列队成阵
似无数白衣仙女，在秋风中英姿飒爽

本以为看见秋天的白桦树
我会黯然神伤
本以为看见秋天的白桦树
我会迷失既定的方向

当我攀登这名叫白狼的山岭
骄傲的白桦树脱去沉重的衣裳
她们干净纯粹，亭亭净植
拥抱蓝天，追逐敞亮
为此，远方的客人
踏秋而来，有络绎不绝的造访

每一棵白桦树都是出尘的仙子
满山的白桦树就有了桦风浩荡
我千里而来，匆匆过往
千千万万的白桦树
亮出手臂，舞出一段沉思的秋光

2017 年 10 月 5 日于阿尔山白狼峰

西风做了应该做的事

对了，就这样
要有最纯净的蓝天
对了，就这样
要有最干净的白云

还应该有深秋的积雪
还应该有金色的树叶铺满树林
还应该有九座天池碧水悠悠
哈拉哈河奏响秋天的鸣琴
看！摩天岭上空飞过蒙古金雕
它的翅膀在天空写下
一卷卷不朽的经文

昨天，阿尔山还在千里之外
今天我已是它匆匆归来的故人
天池水沉静兴安岭雄浑
西风做了应该做的事
它让满天的白云
安顿我漂泊的诗心

2017 年 10 月 3 日于阿尔山杜鹃山庄

五月桐花

这些花朵，在五月
这些路边的开放，热烈而寂寞
桐花朵朵，桐花乱
流淌的音符挂在树上
我听到，隐藏在一株泡桐内心深处的琴声

生长在大江南北的桐，有一些是幸运的
为了等待命运中的音乐
抛弃生长的快乐，锯，斧凿和刨子
粗糙的皮肤被剥离，骨肉也被层层削减
万千刀斧，万千疼痛
然后在万千疼痛中修成正果
琴声渐起：这一生一世的高山流水啊

一付瑶琴光滑如梦
饱经风霜的手指，兰花照耀的灵魂
倾心的音乐，细腻的月光

一株泡桐满树繁花，是流淌的灵魂和水
每年五月，都以一树一树的音符悬挂和等待
未来岁月，纯净的风雪
终能缩住远去的琴声

这一生，注定会有一个人
发现桐树紧抱音符的怀想与祈愿
必定会有一个人注视桐花，拨动心弦

2017年5月9日于红梅小区

槐花之城，槐花之节 *

在大连，群山之上，槐花盛开
我看到层层叠叠的花朵
越过层层叠叠的绿叶
攀缘上升展示芬芳
有些槐花已经和白云连在一起
这让我看见它们的时候就想入非非

在大连，群山之上，我跟随旋舞的蜜蜂
和愈来愈浓的香气
在山坡和山顶约会槐花
一树槐花万片雪
漫山槐花，满坡惊讶
今夜，谁沉醉其中谁
就是沉醉花神的夜宴

城市之中，大部分的槐花已经远行
或是温度，或是因缘
远行和等待都是这个季节的契机
我知道，每一年都会有
那一日那一刻注定到来
某个早晨朝露未晞，当我一觉醒来
梦外已是崭新的世界
而大连，满城槐花

2017 年 5 月 23 日

* 2017 年 5 月 23 日为大连槐花节而作。槐树，是大连的市树。

独舞的罂粟

天空，黑暗无比
大地，寂寞无声
你，一支孤独的罂粟
站立在今宵的旷野
因孤独而寂寞
因寂寞而充实
当箫声渐起漫出天际
你悄悄起舞
一舞，星光满天
再舞，遍地桃花

但是你也知道这不是你骄傲的领地
不是你孤寂的悲城
你尽情地舞蹈因为宿命
——那温柔的毒液
正在你的身体内悄悄聚拢
消耗着你如花的生命

可你只有舞蹈，舞蹈
舞蹈似乎是你的武器
你用致命的舞蹈占有我们的眼睛和心灵
今生与你有约
和你相遇一次便是永恒
还说什么“执手相看泪眼”吗

罂粟，罂粟
你的骄傲和冷艳已让一座皆惊
我只有静静地立于一角看你芙蓉出水的舞蹈

沉醉于你温柔可心的毒药
因为你会告诉所有的人——
在缺乏良知的世道。毒药，也是良药
而舞蹈，是自救的方式

2014 年于大连

太行山印象

是谁，关门闭户
在太行山深处修行
春天的雨
节奏缓慢
几个零星的花朵
在雨中凋零
还是在雨中颤抖
我漠不关心

眼前的太行山
高大，威严
人，只是它身上的蝼蚁
那个传说中的老人
只是挖掉了山的影子
或者，山只是抖了抖肩膀

太行王屋岿然不动
愚公的子孙依然挖山不止
而我们似乎只能接受宿命
心，已经麻木
早已成为
最好的子民

2016年5月3日于河南游太行山途中

在哲蚌寺

在哲蚌寺
我遇到几个藏族同胞
从四川来朝圣
他们每个人的脸上
都有纯洁神圣的光芒
遇到他们
我感到幸福快乐
妻子也说这是好缘分

我拥抱了藏族大哥
藏族大哥说
兄弟，你是好人

我也拥抱了藏族大嫂
大嫂：兄弟，扎西德勒
大哥大嫂笑了
大家都笑了

那一天，在哲蚌寺
我遇到了
这世上
最纯洁的几个人

2015 年 6 月于拉萨哲蚌寺

到达远方又有远方

迈动双腿，远方就不是远方
高原就不是高原，他乡就不是他乡
那些树木构成的丛林
那些水构成的河流与大海
那些砖石构成的宫殿与寺庙
那些人构成的冷漠和热情
一个诗意的行者
饱览天下美景交游四方

迈动双腿的日子心境宽阔
可以是生命中的一天
也可以是一生中的漫漫长路
一个比喻可以耗尽我的一生
而我无怨无悔

形形色色的我们都是今生的旅人
走眼前的路走远方的路
走天下的路都是有所为有所不为
路因腿而生，人为路而忙
诗旅生涯经历漫天风雨万里行程
我是一只鸟飞过自己的蓝天
别说此生之后别有此生
就说远方到达又有远方

2017 年 11 月 14 日于大连

盛夏，紫薇花开

绿意盎然的盛夏
海滨有潮湿也有燠热
更多的时候海风柔似绸缎
在长空不停地抖动
我们沐浴其中
惬意的凉爽让远方的朋友
既羡慕不已又爱恨交加
他们叫嚣：不和40℃以下城市的人交朋友

我在海滨气定神闲悠然漫步
看到南方的嘉木：一丛又一丛的紫薇
仿佛几群美丽的蝴蝶落在山根街角
它们旋舞歌唱，让紫色的音符
灿烂了我们的双眼

紫薇，紫薇，我在心底呼唤你的名字
我的广场落满你们这些美丽的生灵
这个盛夏因为有紫薇花开而显得与众不同

紫薇，紫薇，我爱你们这些南国的候鸟
当盛夏结束，花期一过
秋天的太阳改变季节的颜色
你们也会告别大海吗？

2017年7月23日于大连

发现一株玉兰贸然开花

盛夏，一株玉兰打破傲慢的炎热
撕破季节的无情
在绿叶浓荫的屋檐下
开出突兀的洁白和情意绵绵的深紫

没有人知道玉兰花的心事
也没有人了解是什么
让这个季节的玉兰花
打破生命的禁锢和规则
盛装来到盛夏的厅堂

人们在它面前走来走去议论纷纷
玉兰花碧绿的叶子熙熙攘攘
试图为它的女王或公主隐藏什么
我知道这个巨大的秘密后面
既是阴谋又是危险
但我乐意沉陷其中
不发一言

2017年7月7日于大连

我在“我在”（二首）

“我在”追溯时光*

为什么我在“我在”
我在“我在”，就是我在追溯时光
每个人生命中都有无数次理由和机遇
去把握星空，把握河流或占领山岗
还可以在静夜的“我在”
一层层剥开时间的皮肤
等待夜晚的沉静把夕阳遗忘

茶杯，钻石一样放着光芒
老物件默默诉说往日的时光
那些永远也找不回的故事
或温馨或伤感，就在其中隐藏
幽深的眼睛，偷偷把你窥望

我在“我在”，就是我在追溯时光
在古典、乡村、现代的气息中
在中外交融的氛围里，一杯酒一幅画一个人
都可以折射我的目光
我的思想自由自在
就像星群，无一定目的却有自己的方向

我在“我在”，是一个诗意生长的地方
时光或快或慢尽情流淌
我不疾不徐不慌不忙

---

* “我在”是友人搞的一个艺术空间。

就这样体会一个自在的我
我在近处，也在远方

2016年7月8日

我在“我在”，心在流浪

钢铁水泥的城市，生活像一个棋盘
中规中矩四四方方
那些或直或弯的道路总是把人带到
循规蹈矩装模作样的职场

城市的人们一个个像演员
礼貌周全进退有方
笑容更像是涂抹得体的化妆品
一转身就不是刚才的模样

寻找啊，寻找
哪里是寄放心灵的所在
哪里有发呆、无聊的轩窗*
让疲惫、烦恼和厌倦都得到片刻的释放

我在“我在”，有一盏茶的宁静
我在“我在”，有一杯咖啡的醇香
我在“我在”，和一幅画一把壶长久地对视
彼此无言　心系他乡

我在“我在”
就是心在流浪

2016 年 7 月 7 日于大连

---

* 发呆、无聊是我在丽江发现的“新词”，是无所事事、无目的、无挂牵的自在状态。

春风且住（组诗）

春风且住

我守望在岁月的路口
有时高朋满座有时郁郁寡欢
纷纭的朝代在我面前打马而过
我不为所动
唯有四季铺开宣纸季风走笔山河
我才破颜为笑
于是我看到，祖国墨香四溢
大地献上花朵，诗人献上诗歌
候鸟飞鸣着歌唱爱情
这时我才会说：春风且住

走过一个春天的风，应该饱览天下美景
应该有所疲惫，所以愿意逗留在树梢
或者愿意推着一天的白云游走四方
而一树一树的绿叶
走在风雨里头也不回

我是那个走在通往京城路上的举子吗？
这也是大唐的江山
这也是大唐的土地
江南江北才华横溢的诗人面对风云胜景
激情勃发诗意喷涌
生命会随时休止，诗歌却江山永驻

2017 年 5 月 5 日

玉兰花的翅膀

有些事，需要长了翅膀
才能看见它们的模样

有些人，就是长了翅膀
也没有飞翔的力量

今天的傍晚，在一座医院的院内
我看见所有的玉兰花
都长了翅膀

它们似乎要振翅高飞
或者它们是在寻找天堂的方向

它们的翅膀轻盈
空气中散播着优雅的清香
就像一条小河充满清澈的流水
一条道路伸向远方供人流浪
我轻轻地走过花树的下面
不敢叫醒仍在沉睡的桃金娘

玉兰花，总能靠上春天的肩膀
那么高大，那么妩媚
高举着这一个季节的美丽
没有谁可以让你
甘心做她的嫁妆

2017年4月3日大连
（今天傍晚，在大连盛京医院院内看到了最美的玉兰花。）

千万朵玉兰照亮梦境里的春天

还没准备好该怎样迎接春天
春天就悄悄地来临了
天空中布下诗意的云朵
小草在山坡洒满绿色的星星
就连鸟鸣都像丢失的钻石
缀在树梢闪闪发亮

我走出家门迎接春天
大路上，暖风跟随行人的脚步
河水伴奏黄鹂的歌声
一树又一树的玉兰打开花瓣
她们满心欢喜毫无心机
让春天的开始既显得喜出望外
又恰恰在情理之中

这南国的嘉木啊
她谙熟季节的韵律
牢记前辈的许诺：
不为富贵献媚
只为季节颂歌
当熏风的剪刀声隐隐响起
她们的愿望渐次打开

一朵玉兰花开就是贵妃出水
千万朵玉兰花开就是群仙赴会
一树好花，万千灯盏
就这样点亮了我梦境里的春天
也照亮了神的宫殿

2017年4月2日

经过桃花跌落的山谷

此刻，道路被树木遮蔽
山谷很小，仿佛被抽空的瓶子
透明，幽静，暗藏深远
桃花稀稀落落
鸟鸣挂在枝头
没有人看到一树桃花踩着韵脚跌落尘埃
这是偶然也是注定的事物

花的开放让人欣喜
而成为落英，悠闲的人不免慌张
当然，她坠落
香气的涟漪，荡漾四方
之后，是每夜的星星衬托不曾折断的月光
梦中的仰望
寄托着童年的花瓣和梦的方向
之后，是更大的芬芳
在五月里渐渐成长

2017 年 5 月 7 日

去岁桃花，今岁桃花
——关于崔护和桃花女子的另类想象

天气晴好，朝露未晞
柴门内女子对镜梳妆
去年今日
桃之夭夭，伊之笑笑犹在脑海，如在目前
那日，柴门外步履轻轻
几片桃花应声而落
玉树临风的书生突如其来的扣访
让人惊讶和欢喜
歌声久久徘徊，有如群鸟落入梦境
那日，女子心中的蓓蕾悄悄绽放：
有时是一支独芳
有时是漫天朝霞
还有时是一河流水
载着一个季节的桃花

今年今日，桃花如约，春风正好
书生踏歌而来
赴约的兴奋让他如醉如痴
幻想的美妙就是音乐的双足
走在铺满桃花的路上
看远景是山峦和道路
近景是村庄与古桥
他春风满面意气风发
而桃花女子，端坐镜前
心中的乐曲自由流淌
对未知命运的执着
让一个梦想否定另一个梦想
桃花仍是去岁的桃花

柴门也仍是去岁的柴门
只是女子已不是去岁的女子
这是生命开始时就既定的律动
这是生命完结时还没发生的缘起
书生在门外叹息高歌
试图拉住远去的马车
而车声隆隆去意已决
女子摘下鬓旁的桃花：“不能出门，不能出门”
她知道，书生寻找的是诗歌意象
而她等待的，是与子偕老的良人

2017 年 5 月 7 日

桃树血

一棵开过花的桃树
有人斩断了它的肩膀
我看见它巨大的疼痛在枝叶间剧烈跳荡
流淌的树脂，是它的血吗？
这棕色的美丽的血
空气中流淌它牢记仇恨的芳香

我在乐器店古董店看到它的姊妹
它们是蜜蜡、琥珀、松香
它们也是树木的血啊
亿万年前，是谁挥动刀斧斩断它们的臂膀
让它流出泄露秘密的明亮

我把这一节桃木悄悄埋葬
一万年后
会有人发现它的明媚芬芳
会有人把它挂在胸前
怀念那些晶莹，那些流浪
朋友，如果你得到这一滴万年之后的桃树血
那就是我留在时间里的诗章

2017 年 5 月 5 日

乡村的小庙住着伟大的神祇

乡村的小庙很小很小
小到超出你的想象
只有四块土坯

四块土坯也是一座庙
里面空空荡荡
庙顶压着黄纸
庙前也压着黄纸
在小小的空旷里
住着伟大的神祇

土地爷，乡村最亲民的神祇
乡村最普通的神祇
仿佛就是我的家人，仿佛就是我的邻居
不争尊崇，不抢荣耀
就这样默默的在日出日落中
陪着我的祖祖辈辈
管理着小百姓的生老病死

村里的人生生死死来来去去
而小庙随盖随拆
需要时搭起四块土坯

我们小百姓的神祇
就这样通达平和
就这样随遇而安

2017 年 6 月 8 日

一场大雪洁白而安静

当我对冬天感到懊恼
南京梅花山的梅花就开了
这些有古典气质的女子
犹如落落大方略含矜持的江南
一颦一笑展露风骨
水墨画的含蓄在其中
山水诗的清雅也在其中
我虽只见其一面
也是梦萦晨昏钟情一生

那之后将是绿草茵茵百花盛开
杨柳依依在路旁
花香四溢在田野
广袤田畴生机勃勃
条条大路都是幸福的旅行者
且歌且行的诗人
行走四方歌唱春天和爱情

当我对春天感到厌倦
西湖的荷花就开了
这些出污泥而不染的精灵
让人看一眼就心疼不已
就担心她们可能受到伤害
犹如在生活中
我们总能看到一些美丽的女子
命运多舛红颜薄命

我知道她们的梦更奇妙
心灵也更加丰富而美好
她们承受的苦难
是命运对美丽的恶意
是羡慕和嫉妒

当秋风萧瑟落叶满地
北国的大雁就收拾行囊挥翅南下
这一路的山水多情青青子衿
让大雁们目不暇接几乎忘情
若不是头雁大声地呼喊
若不是有情人交付的嘱托
它们或许会停下
在山清水秀之地安营扎寨生儿育女

秋天的尽头
就是一场铺天盖地的大雪啊
我的祖国就是这场大雪洁白而安静
我的故乡就是一片雪花晶莹而透明
我就是雪地上那个堆起雪人的孩子
四季轮回光阴易老
梦回童年的我
白发满头诗心犹在

2018 年 1 月 22 日

目睹一场大雪落在海上

在海滨，一场大雪正在飘落
这些纯粹的雪花
像群鸟的降落又像义士赴难
毫无征兆又英勇决绝

远方隐在雪雾中
海岛与轮渡也隐在雪雾中
苍茫的海上
只有灰色的云雾和飘飞的雪
只有几只海鸥大叫着抖动翅膀
它们也为大雪降临不知所措

目睹一场大雪落在海上
无异于目睹夕阳的坠落
无异于一场壮烈的战事
本于水凝成雪归于水
一切都是一场音乐会的庄严和顺畅

我仿佛看到那些晶莹的鸟儿
没入水中变成游鱼或海藻
又仿佛是它们沉入海底
变成黄金和宝石
在黑暗的深处，它们发出冷冷的光
同时咬紧牙关

2018年1月8日

我听见子夜的钟声

在我惊醒之前，海风推着海浪
在我听见之前，有一颗星辰坠落

这不是我的愿望，我犹如一只
狡黠的仓鼠，把深沉的睡眠
藏进深深的洞底，等待发芽

我听到子夜的钟声
仿佛生命在生长，或者消失
我惊醒于子夜的钟声
惊醒于一个奇迹

这里没有钟，没有教堂和庙宇
寒山寺正远
也不会有船儿在此刻靠岸
星星，只有星星眨着渴睡人的眼
它看到也听见
子夜的钟声回响在我的脑畔
那钟声使我震颤和思索
并使睡意远离我身

1990 年

怀念故乡的一棵树

在邻居和我家的墙之间
有一棵树
到现在我还不知道它的名字

那棵树高大、伟岸
长着梧桐般的叶子和
皂荚般的角儿

沿着它的躯干，我攀缘
沿着它的方向，我仰望
我倾慕，我信仰
那棵高大的树
我不知道它的名字

还能说些什么做些什么呢
那棵坚强的树，扎根，生长
在故乡的土地上，在我的心思里
纵然时光流转
它依然高大，伟岸
曾经陪伴，曾经安慰
我，不知道
它的名字

1990 年

山道上落叶纷纷

山道上落叶纷纷
像所有的秋天
田野里有丰收的歌声
记忆如船把我们载到儿时的谷堆旁
(傍晚，星子闪现
我们数着死去的人们)

坐在有桦树有红松的石子路上
抽着烟，我们缅怀过去
使纷纷的落叶
成为纷纷的音符宁静又高远

我们曾有面对山道大喊的时日
我们曾有面对山道大哭的时日
山道上落叶纷纷
我们的目光如水心态如云
当我们整个被水淹没
山道上依然落叶纷纷

这时我们面对夕阳一如面对秋天
我们面对诗歌一如面对神祇

1988 年

一些事情

一些事情
我们没有想到
国王也没有想到
国王在女人的梦里
把金子堆成山
我们在自己的梦里
穿得很暖和

一些事情
我们已经见过
国王已经见过
我们见过
冬去春来莺飞草长
国王见过
公鸡生蛋母鸡打鸣

总之，一些事情
怪诞又真实

1986 年

扫雪即兴

你说我扫雪
是体验生活
我说我扫雪
为了快乐

有这多女孩
看我，看我
说我是诗人
说我的目光真热

其实，哪里有快乐
雪底下
住着我爱过的女人
我扫雪
是为了看她
在底下是否寂寞

1987 年

乌兰哈达歌谣

我来自乌兰哈达
你来自有鹿的地方
你是骄傲的伊人
我是痴情的迷狂

为了爱你美丽
我的歌声在水一方
收不到你的来信
我的心是半明半暗的月亮
收到你的来信
它变成闪亮的太阳

记得那一天晚上
我偷偷地把你窥望
你小小的碗形心
掀起胆怯的波浪

匆匆的一别多么短暂
我的记忆被你砍伤
从此为你流着鲜血
只有你才能把它缝上

我将夜夜经过你的身旁
如果你爱我我该怎么样

1987 年于呼和浩特

偶然的日子

——写在梅的生日

初冬的雪蔚然降临
朔风不再寒冷
母亲的疼痛结束后
你响亮的啼哭让人们幸福

那是一个多么偶然的日子
太阳很亮月亮也很亮
梅梅，你像一个调皮的男孩
睁大一双眼睛

那时候我在哪儿
在哪儿为你捕捉红蜻蜓蓝蝴蝶
为你拉一根长长的猴皮筋
我知道你在哪一天出生
那一天因为没有我你才哭泣
才让天空落雪

现在，当你认识了一个诗人
再回忆往昔的日子
那一年的初雪就和今年的初雪
飘飞在一起
是满天满天的六角羽毛

在这样的日子这样的时刻
该怎样祝福你呢，该怎样让我的爱
像那些洁白的六角羽毛覆盖你呢
梅梅，你的生日是我再生的日子

1987年11月14日于呼和浩特

银烛

——致 M

烛光四射，偏垂的烛光宛若俊蕊
用纤小的手指摘去它
你低垂着你的头
秀发绾束，其中的一半掩去你的脸庞
洁白而且透明

多么平静的心灵
你燃烧着，安宁而妩媚
为着爱你的，你的爱人
多么美好的心灵，以你的生命之光
照耀我，安慰我，驱散包围我的巨大黑暗
作我长夜旅程的忠诚伴侣
和你相比使我惭愧
自私和渺小同时压迫我
我觉得这一生无比沉重

那么弱小的你是怎么做到这一切的呢
我惊讶你翩羽单薄的翅膀竟使我无限温暖

你仍是平静的端坐
为我摘去烛花沏来香茶
或是和衣小憩
爱人，每夜
你均匀的鼻息
是我幸福的田园

1991 年

离别·思念（二首）

一

夜深人静，思念的河流包容我
我以双手伸进温暖的流水
记忆浸湿，滴水
我渴望在你甜蜜多情的目光中
变成一尾听话的小鱼
逆流而上，在感情的源头
面对爱，我畅怀一饮

爱人，我夜的归巢
我在遥远的地方思念你的眼睛
就像受伤的小鸟怀念它健康的羽毛
我在遥远的地方思念你
紧握你的温馨和祝福
流浪天涯

二

离别是思念的家园
当挥手自兹，在远方
对你的思念缝纫我孤独的伤口
我的爱人，我的金子和珍宝
我以我全部的财富——
仅有的诗情赞美你
你给予我的太多太多
我只好悄悄珍藏
把攒下的爱留待远离的日子
默默品享

1991 年

和爱人看月

时常，我和爱人
看天上的月
新月、半月、满月
从缺到圆

我们看月打赌
猜农历的日子
有时我准，有时她对
这些，月亮不关心
其实，我也不关心

能有一个人
陪你看月，用一生和你打赌
这就够了

2017 年春

第三辑

海梦神辉

海的感怀（组诗）

我站在海滨

我站在海滨，眼前是海波浩荡
可在我的心中她突然变成了牧草茫茫
那雪白的浪涛就是乌兰、托娅
我蒙古族姊妹放牧的群羊

十五的月亮又大又圆色金黄
听着涛声，故乡啊，故乡
我想念你荒凉的山岗，巍然挺立
就像衰老的父亲站在苍茫的北方

我也怀恋那热烈的酒歌痛快酣畅
当我半醉半醒，载歌载舞
说话时不时掺进生硬的蒙古语
弟兄们，你们可曾记得我少年轻狂的模样

我思恋苍凉辽远的北方
骏马的心，已紧紧系在拴马桩上
纵使千里万里，乌兰哈达*，
你是我母亲居住的地方
我的祖辈，就安睡在你的衣襟上

1998年10月

* 乌兰哈达：蒙古语，赤峰，也译红山。

海的感怀

在我的梦里
你是一片振翅高飞的海鸥
在你的梦里
我是一片芳草萋萋的沙洲

挽不住你宽阔无垠的臂膀
只好亲吻你波光粼粼的轻裘

在你的梦里
有一艘海轮正驶进渡口
在我的梦里
谁是举杯相邀的朋友

海浪轻轻海浪柔柔
洗不去浪游者依依楚楚的乡愁

海啊，海，未见你时曾幻想把你拥有
待见你时，我被你咸咸的海风浸透
海啊，海，我愿是你胸口上一只寂寞的小舟
伴日出海伴月归航
船舱里是半空半满的鱼篓
桅杆上挂着一瓶陈年老酒

海啊，海，我愿是你牢房里
自由自在的海囚
飞不过茫茫海天
只好帮你照看大大小小的岛屿
还有数也数不尽的海燕海鸥

1998年10月

眺望大海

我站在东方的岩石把大海眺望
这巨大的水域我曾经向往
我沉醉于苦涩的蓝色海水
还有月出时轻轻荡漾的海的衣裳

我愿这粼粼波光是一页页稿纸
我的脉跳就是滴滴答答的“联想”*
写上友谊，写上爱情，也写上光荣和希望
写上痛苦，写上忧伤，也写上执着和迷茫

我愿这成群成群的海鸟都是我最好的朋友
累了倦了，就停歇在我的心上
当然，也不拒绝海豚、海龙和海马
来吧，大家都来吧。我这里有的是地方

但愿我没有受到更多的污染
心里还充满自然温暖的阳光
但愿我还有足够的真诚和爱心
能容得下小小的海鸟
也容得下海天茫茫

我站在东方的岩石把大海眺望
东方的大海曾在我的梦里梳妆
而今，当我面对这烟波浩渺
大海啊，大海，我只想变作一滴水
和你一起抚平日出时的创伤

1998 年 10 月

* 联想：指 20 世纪 90 年代出现的联想输入法。

海上新娘

谁见过坐在海上的新娘
手擎蜡烛心怀忧伤
她的美丽远近闻名
黑天鹅绒穹顶缀满的星光

谁见过海水一样透明的衣裳
嘴唇就像花朵，空气浸满芬芳
夜晚的海面
折叠半空的婚床

我在大海上画满婚床
我在大海上写下多情的诗行
我愿每一滴海水
都印着她的脚印
我愿每一片波光
都映出她的美丽模样

沿着月出的光芒
我倾听她的歌唱
沿着大海的波浪
我寻找她的方向

大海的新娘坐在海上
大海的新娘穿着透明衣裳
她梳理着瀑布似的秀发
大海也为她沉默
她心怀伤痛歌声悠扬
晶莹的泪珠，浸满今夜的月光

我愿夜夜陪伴在她身旁
她计数星星，我撰写诗章
她悲伤，我也悲伤

1998年10月于大连泊石湾南坨子

蓝色女王

正午，阳光明亮
出海的渔舟划过我的胸脯
鸥鸟的双眼照耀我
我平静，我狂暴
放肆地伸展我的四肢
让每一个细胞感受阳光的分量

我的胸中，金色澎湃
仿佛金色的绸缎，又像金色的号角

“我是你赤身裸体的蓝色女王
我是你不能染指的美丽姑娘”

为了不使你的舰队偏离我的星座
在遥远的沙岸以北
我会安排茂盛的椰林作你的向导
所有的禽鸟作你的朋友
当你离开我，我的鱼王
我的鲨鱼和海豚都将护卫你上岸
去寻找一片浅色绒绒的草地
淋一身鲜艳的海水
而我小小的心脏
是你手中镀金的耳环

“哦，我是你赤身裸体的蓝色女王
我的诱惑你无法拒绝”

1989 年

我所期待的时刻蔚然降临

我所期待的时刻蔚然降临
我所赞颂的黎明照耀我
海岬伟岸，海岬空阔
一千万只勇敢的鸥鸟抖动波涛的翅膀
海面展现最优美的颜色

我所向往的依然遥远
在层次分明的玫瑰色带上
迷人的金色正增加着亮度
太阳呵，太阳呵，太阳呵
我的渺小将永远为你伟大的上升而感动
为我沙哑的歌喉镀上你不朽的金色吧
我是早晨的出海者
你明亮的海水洗涮我的音符

这个时候我还需要沉思吗
这个时刻我还需要登高远眺吗?
还需要美妙的珍宝的诗句吗?
不，不，不。
鸥鸟永远不明白
它为什么依赖大海，相信大海，热爱大海
鸥鸟只是一千次一万次地扇动翅膀
它们看见，在每一片羽毛的末尾
天空都被撕开一道小缝
留下优美的弧线
在它们的下面
无数空气的分子把它们骄傲地举起来

1989 年

是海，还是风

在海滨站立，沉思让我痛苦
我体味着痛苦，咀嚼着人生——我无法背离
我眼望着那些或欢悦或痛苦的人们
发出我的呼喊：

世人哪，我在所有的夜晚牵挂你们
我关心你们的生活就像关心我自己
我常常在海边向你们芸芸而来的身影张望
我用咸涩的海水洗涮我的灵魂
然而，平凡、庸俗、欲望、琐碎而顽强
充满你充满我，在我们的内心燃起冲天大火
没有谁会在世纪末的太阳沉落的时候
竖起称赞的拇指

唯有我，唯有我们
站在闪光的礁石上，向东方
向海洋之门，迎讶自由的鸥鸟
因为自由的名义是海的名义
自由的向往是海的向往
当生命被延伸、创造和繁衍
那最初也是最后的辉煌
属于哪一个流浪者？

是的，夜的翅膀曾覆盖，我心也曾黑暗
我骑着马儿或脾气暴躁的毛驴
在四野沉寂的时刻观察星子的运行
那时，我抛弃一切，忘记一切
我天真又纯洁，幼稚而美好

当清澈的露珠滋润我，我紧扣黑暗之门
也紧握着这世界最后的钥匙
我问：是谁？是海，还是风？

1989 年

梦或者清醒

总有梦醒时分怅然若失的时刻
我们关心自身以外的事情
我们沉思得精深或是肤浅
我们举杯相邀也弹冠相庆
或者怀念童年的马匹和乡村

我们走过许多路但前路更多
我们失去很多却仍将失去
最终我们守望空空如也的坟场
伫望夕阳西下——那枚熟透的杏子
我们赋予了它太多的意义
而它却一无所知

我们对它大喊大叫长歌当哭
我们废寝忘食朝不保夕
最终我们的疲倦犹如它的慵懒
于是，我们着装：黑衣玄袖
我们如影随形
在夜深人静时仰观天象
今夜，美人，我为你守灵
你可要为我祝福和祈祷啊

1989 年

我怀抱一条疲惫的河流

我怀抱一条疲惫的河流
从远山，从草原，面对大海的浩瀚
如果我曾梦到一片旗帜翻飞
白色的鸥鸟滑行其上
那一定是你，大海
我以一柄螺号倾听你的呼声
我以我的卑微和渺小
拒绝着平凡、庸俗

我怀抱一条疲惫的河流
从乡村到草原，从草原到大海
山峦没入海水，我闲坐海滨
倾听大海，等候梦中的姑娘

我怀抱一条疲惫的河流
遭遇死亡之神骑着星光的白马日夜兼程
但我已习惯以疲惫的姿态等待
就像莲花开放，我微笑着迎接属于自己的死亡

我怀抱一条疲惫的河流
在夜晚聆听海风狂吼，海妖啸叫
一万个章鱼在此刻爬上岸来
向你的窗口探视，监视你的梦境

我怀抱一条疲惫的河流
静观夜空高渺，大海浩瀚
我驾一叶小舟在海上，我如一粒尘埃微不足道
我因为渺小而高歌，我因为失望而搏击

面对满天的繁星我疑惑
究竟哪一颗星会写上我的名字

2002 年

梅花三弄

沿窗角望去，梅桩古朴而深沉
枝丫似铁
一阵古典的风，吹过梅桩
吹过紧闭的轩窗
悠扬的箫声于是渐起
悬于厅中的三尺长剑出水起舞
剑舞，而梅花未开
寒冷的剑锋划出一道光波
剑诀引处
是美人的叹息，令人扼腕和忧伤

朔云愈浓，皑皑白雪堆积其上
梅花绽开
一缕馨香袭入脑髓
仿佛久远的深深绝唱：
潇洒人生啊，婉约情愫啊
没有一身彻骨之寒
纵有深山久藏的香气
又有谁能扼住远去的箫声

腊梅，腊梅
请开启你的门
倾听我不悔的初衷

2004 年

让一只秋天的螳螂走自己的路

秋风日益罡劲
蚂蚱的时日已经不多
作为它的近亲，一只螳螂
在季节的路口徘徊张望

它没能挡住前行的车子
于是跳上车子的后盖打算就此旅行
看一看外面的世界
看到它，我满怀惊讶和欢喜
把它捉在手里，夹在手心
它激烈挣扎企图伤害我

我和螳螂四目对视彼此戒备
螳螂不了解我的世界
我不了解螳螂的世界
我们如此接近却又无限陌生

在另一个更宏大的世界里
我是一只螳螂吗？
被人捉住、玩耍
此前，整日为生活奔忙却又饥肠辘辘

或许一只螳螂的命运就是我的命运
或许一只螳螂的前生就是我的今生
这个秋天，我让一只螳螂去走自己的路
因为此刻，我心向佛
而螳螂，是众生

2016 年 9 月 24 日

一只蚂蚁行走在人行道上

一只蚂蚁举着同伴的尸体
行走在人行道上
它匆匆忙忙慌里慌张
因为城市里的事物全都颠倒乖张
城市的道路就像理不清的蛛网
一个人也常常找不到方向
一只蚂蚁更是小小的小小的现象

我在秋天的天空下，我在明媚的秋光中
看见一只蚂蚁举着同伴的尸体
行走在人行道上
我知道它在强忍着内心的悲伤
为了不被碾作齑粉
为了不化作尘土飞扬
一只蚂蚁举着同伴的尸体
穿过一个又一个的方格砖
它走向记忆的远方

是什么让我停下脚步
让我注目这些小小的事物
它让我安静也让我忧伤
一只蚂蚁的举动有多种解释也有多种猜想
而我只愿意相信
它的战友它的兄弟
值得它费尽思量倾尽力量

或许，今夜它会燃起蜡烛
或许，它也会唱一支蚂蚁世界的歌谣

歌声里一定有它们的童年印象
它们的友谊或者爱情
也在草丛或大树的深处
时隐时现，一片热土
是它们永远难忘的故乡

2016 年 8 月 29 日

雾凇天鹅

——题李迪克摄影

白的雾凇
仿佛是一曲梦幻的乐章
白的天鹅
仿佛天神折叠起他的翅膀

寒冷而安静的风
在近处吹拂也在远方飘荡
天鹅的洁白
雾凇的洁白
拼出天堂的一角
我就该行注目礼——
一往情深地凝望

谁在冬天看见这神秘的景象
谁的童年就充满色彩斑斓的幻想
谁能记录这奇异的组合
谁就拥有了永远不会丢失的勋章

山的梦很远，水的路很长
眼睛的秘密要用心来畅想
只要真纯的心在
不用飞翔也能到达
希望作为旗帜的远方

2016 年 8 月 28 日

天边的斑马
——题李迪克摄影

世上，没有任何一位伯乐
可以使其中的一匹
和群体分离，然后
让它四蹄腾空尽情嘶鸣

也没有任何一位将军
可以征服这天边的神骥
在朝霞或晚霞的背景下
万里追风

非洲大草原上的斑马
自由自在，天马行空
因为神已经为它们
打上永恒的烙印
谁敢靠近它们
就是对神灵的不敬

2016年8月24日

在一个名字古怪的影院看一场电影

——至奥·赫本

那是在一个名字古怪的影院
一束强烈的白光下面
我们面对银幕而黑暗充满四周
音乐轻快飘来
盛大的欢迎仪式上
奥·赫本乘着老式的豪华轿车
宛若一个动人的谜底出现在我们面前

仙女款款，微笑和月光如花撒来
在我们的心中，惊讶和战栗
荡起充满敬意的波澜

又像秋夜团圞的满月
奥·赫本，你的明亮
从不拒绝也不伤害
任何一种崇敬和爱慕
仿佛在高高的殿堂
伸出你的手：微笑、颔首
浅浅的致意
引起深深的注视和赞美

当我们走出你浪漫的故事
奥·赫本，你已走下银幕
你不再微笑和祝福
因为，记者招待会结束
你就和所有的人告别了

1989年12月呼和浩特桥靠电影院

哭泣的玛丽亚

——圣诞来临之际，我看到一个哭泣的外国女孩

你的头发就像弯曲的阳光
你的眼睛就像蓝色的海洋
轻依着中国的白杨树
玛丽亚，你动人的悲怆
抖动你瘦弱的肩膀

这不是有你亲人的故乡
遥望所及也不是熟稔的高高山岗
你为什么哭泣？
原罪、禁果、伊甸园中的偷偷一望
东方的土地和天空
留下你儿子的脚印
也容不下你巨大的迷茫
只有你钻石的泪水
接受黄土地的宽容与安慰
一棵白杨树坚强地扶住你的凄凉

黄昏开始像水一样流动
流水的夜色正覆盖你的秀发
你的身形以及那棵白杨树
而黄皮肤的中国人依然驻足
——你西方的哀痛西方的悲凉

哦，玛丽亚，亲爱的
感谢你指引我对圣母的幻想
我崇敬你窗口那圣诞的灯光

神奇的袜子，白色的雪，挂满礼物的松树
孩子的笑声和蜡烛
温馨的日子里愿你不再忧伤

1989 年 12 月

叶片上的一滴水因自身的重量而下坠

当叶片上的一滴水
因自身的重量而下坠
生命呵，我感到你的沉重无所不在

我计数每一条叶脉
寻找生命的源头
我敲打每一块石头
期望它们发出金属的回声
我知道它们不会让我失望
它们永远不会让我失望的

这恰如一个生命的结束
谁愿意理解：这就是——
一株蓝色的矢车菊优美地熄灭呢？

在我居住的城市的远方
海浪正轻轻涌上岸来
洁白的鸽群啄食石粒
它赞美，它歌唱
只有巨大的云影下面
一个人踏着纤细的小草走来
把手张开
那就是我们卑微的愿望
等待实现啊

1989 年

我们为人类自身的痛苦而挣扎

当我们一千次一万次
为人类自身的痛苦而挣扎
我感到大海的波涛中
一叶绝望的小舟正在颠簸
一浪高过一浪，顽强的海涛
把渺小的人类轻轻推上峰顶
又让他跌下来

于此，我怎么可以挽起青青的水藻
当每一片生命的绿色是我的爱人
凌波微步，在万顷碧涛之上

黑夜再一次降临，伸出手去
我们就抚摸了黑暗
黑暗使我们更熟悉光明
正是黧黑把星星和灯塔展示出来
使任何一点小小的光明
都成为可靠的希望的种子

而在海中，海浪柔柔
推涌着我们的心，幼稚而单纯
前方，正有一束明媚的火把

1989 年

我听见那些英雄的植物拔节的声音

我于你们沉睡的宁静的午夜
穿过城市的街道
我于你们梦见
大海和鸥鸟的时候来到乡村
我结识了那里的自然
树木、小草、庄稼
我听见那些英雄的植物拔节的声音
那是生命的语言，我歌唱
那是音乐的手指轻抚在琴键上
灿烂，美妍
音乐宛如抖开的织锦
大地就是这样成长的呵

1989 年

美丽的清晨远山在落雪

一个美丽的清晨
远山在落雪
无数只鸽子
落在我的屋顶讲述你的故事
我听见它们起伏的胸脯中
颗颗搏动的心
惊动着岩石、大地和海水

我回忆每一阵纯洁的鸟鸣
在夏日的傍晚，在早春的傍晚
当微风吹落叶子
翅膀抖落羽毛
我将记住那些颗粒饱满的名字

我将永远带着你走后
留下的唯一纪念
那柄粗糙的陶罐
它是你钻石的心
带着它，用它所盛的清纯的溪水
浇灌我的语言，我的珍宝

1989 年

思想的小船

我的思想
是一只无人驾驶的小船
或许有一天，我的船儿
将在你的港湾停泊
你该为此而感到忧伤
因为在世界的尽头
海岛早已消失
你与我同在
我们却再没有一点立足之地了

用灵感的水银和语言的玻璃
我使镜子映出我的小船
描写我单薄的桨
大群大群的海鸟
仿佛满天的云彩满天的雨
使我忘记了下沉的危险

终于，奇迹出现了
是光明的螺号为它们整队

海鸟拍打着翅膀远去了
你听见它们受伤的翅膀下
绝望的笑声吗

1989 年

充满我们身心的

充满我们身心的
是思想的愉悦和劳动的欢乐
我们走路，大地在我们脚下延伸
我们生长，天空在我们的头顶高起来
占领山岗，我们就使天空和大地更为接近
高举起我们的手
满天的云彩就落下滂沱之泪啊

谁肯携起手，帮我们揩一下背上的汗
谁肯在东南西北风刮起的时候
感受一下季节的味道

冬天散散漫漫
春天泼辣地把大地涂满绿色

听一听远处传来的博大涛声
那就是无穷壮阔的大海呀
捧一抔脚下的黄土
那就是我们赖以生存的土地呵
大地给我们粮食，让我们生长
海水带给我们盐，使我们健壮
孩子，我们得好好活下去

1989 年

秋水伙同天鹅沉入梦境

你无声的眼睛注视我
在和我诉说着什么
这个季节的树枝没有绿意
远处也只有鸽群飞上飞下
没有一个广场，小广场
是它们觅食的土地

晚潮再一次来临
月亮不关心我
我就在这样的心境中入睡
秋水伙同天鹅沉入梦境
你在我开花的梦中苏醒
你的双眸是深深的湖泊
一双手臂
是天鹅温柔的脖颈

1988 年

设想乡村有座教堂

度假的日子闲散
在村庄与树林的开阔地之间
两头黑色的驴子踯躅
枯干的灌木互相依偎
现代难民营中的兄弟

闲散的日子风也闲散
晨风中的炊烟倾斜
让我回忆和遐想
几只瓦灰色的鸽子飞过
我设想在乡村有一座教堂

我感到无聊和慵懒
读书的间隙到野外漫步
有一些或许深邃的思想
有一些或许美妙的诗句

我也感动于生命的奇迹
觉得在雪后
天纯洁，人也高尚

设想之后，我听到随风送来的风铃声
仰望村头如烟如雾的树梢丛中
教堂尖尖的塔顶指向苍穹
我又听到晨祷的钟声荡漾
赞美诗和风琴的呜呜声也隐隐传来

1988 年

我想象不出这和我有什么关系

羞答答的冬天，白雪降临
在野外，狂风敲打着树木
和着纷纷扬扬的雪花
模仿啄木鸟
无懈可击的声音一下下传来

那匹马儿为什么突然奔跑
就在光秃秃的杨柳树旁边
就在干涸的水渠里
当一只鸫鸟飞起
几截细小的枯枝落下
那匹马儿行色匆匆
一双硕大的眼睛
左顾右盼，警觉异常

我想象不出这和我有什么关系
如果没有风，没有树
也没有干涸的水渠和鸫鸟
这匹马在雪地上悠闲地漫步
天边有一朵云向我飘来
我的心情会是什么样子

那时，我担心我是否活着
是否有此闲情逸致
在早晨的时候走到村外
牵着一只黑狗，想想心事
构思有关冬天和雪的诗句

1988 冬

我发现自己是一只蝼蚁

树梢低压，傍晚迷醉
落叶的声音十分遥远
于此，一只鸟儿的死亡算得了什么
苍白的宇宙，小小的寰球
人类宛若自己眼中的蚂蚁
闹哄哄地爬满各个角落

在空荡荡的苍穹里
天，蓝得空无一物
只有太阳的铜片叮当闪烁
在岁月和岁月之后
轻松如一片流云

我发现自己是一只蝼蚁
担心每一场阵雨
在早晨运土，筑巢
在晚上吞食露水和杂草

我将记得稗草的芳香
记得一些面包屑和骨头
无论风大雨大
我都将死得装模作样

1988 年

我蘸着月光书写惨淡的黎明

我蘸着月光书写惨淡的黎明
冬天早晨的六点钟
让我想到每一个这样的时刻
当人们还在梦中温存
雄鸡却在院子里叫了
残月低低，在黎明的玫瑰色带
与夜晚的淡青色带之间
在矮矮的灌木与高大的树枝之间
犹如一个美丽的伤疤

谁愿意理解我呢
谁愿意把我所寻找的拐杖送给我呢
这样的早晨，人们更愿意沉溺于梦幻
没有人知道有一个诗人早早起来
多愁善感地站在清冷忧郁的天幕下
看远天之中的残月
想着严肃高尚的事情

我知道这样的早晨空气冷峭星光稀疏
在隐隐的熹微中，早晨的风很平稳
徐徐送来西伯利亚的关于冬天温度的话题
想到我是这样感觉这样生活
我就尽目力所及
遥望更高更远的地方

1988 冬

乘着远方夜梦的帆船

乘着远方夜梦的帆船，在船头
你的纱巾像一只巨大的鸟翅
海鸥把蔚蓝的啼叫抖在你身上
你惊讶，你欣喜
使劲地挥舞因高举而疲倦的手臂
眼睛，向他的港口巡视

是你吗？星光撒下迷人的香味儿
披着雪片与正午罡风的大衣
像个神秘的海妖，雪白的双手拢着头发
你走着，走向他，带着一束秘密
跣足，踏着远山波浪的节奏

是你吗，是你吗？
带着处子纯洁的芳香
眉宇结满霜花
为了你的天空接受他的云彩
撒给他歌唱的清风和微笑的细语
你拥抱，你亲吻
裸露了你少女的胸房

依然是夜色中，你小小的麦芽一样的心脏
是一座有着庄严建筑和芬芳花朵的庭院
它使用最初的语言，像一个天国的孩子
捧着你小小的迷宫
唇，喃喃地吐着无意义的单音

是你吗，是你吗，是你吗？
目光注视着大海
心跳连着远帆
你知道，你也听懂
他目光和脉搏的语言
你乘着远方夜梦的帆船
就是为了留给他的微笑
无论在眼前，还是在天涯
是你，静静地聆听，静静地等待
充满下坠危险的满枝葡萄

1988 年

屈原*

当他把最后一个字写完
天空还晴朗如镜惬意如歌
他走过碧野芳洲走过山川河谷
破败的故乡他羞于相认
有这多疑问这多痛苦
他把自己交给湍急的漩涡
他的灵魂生生不息地奔流

他记得那是五月五日
有好多粽子落在他的身旁
有好多龙舟驰过他的头顶

他梦见自己并没有死
死亡并不是灰色的——
真正的死亡没有痛苦
他诗思如潮奔涌千年美意
风雨飘摇中如鹰孑然

有人说他羽化登仙
有人说他魂归苗裔
其实他正和鸽子在一起
在人们当中不停地起落
由于无法交流，他们彼此沉默
依稀只有大地听见
“死，并不能解脱”
他痛切地自言自语

1985 年

---

* 本诗发表于 1985 年 12 月《人民日报》大地副刊。

洛尔迦

仿佛你手中纯白的水仙
我把你的诗集捧在心上
一阵西班牙的风吹来
你的影子掉在地上
像只鸽子受了伤

不安的少女耸着乳房
她卖大海的水
在格拉纳达的广场
你弹着吉他走过
身后是古老的谣曲
歌唱没落的村庄

“洛尔迦
安达卢西亚”

风旗旋转，哑孩子寻找蟋蟀的王
就像你的柠檬与橄榄
你的坟墓在月亮的喉咙里
在太阳的尾巴上

黑鹰的风暴已被埋葬
三角帽背着黑铁的枪
你的爱在流血：祖国呀，祖国
黑眼睛的少女把大海哭出
把你红玫瑰的心哭伤

“安达卢西亚
洛尔迦”

1988 年

关注

——在我的窗台上有一个鲨鱼标本*

不用看你
我知道那千年以来的涛声
正在你耳畔回响
那是你对世界的关注和理解

一些偶然的日子里
当相聚使人们兴奋
我和朋友们谈起你
朋友们温柔地抚摸你
说到有一片海曾属于你

即便是二十年前的我
也知道你正向我游来
也知道你时常在我的心海憩息
(那时我还是孩子，你还没有出生)
为此这个窗台等了你几十年

现在你停泊了
仿佛疲惫的帆船靠在岸上
我常把目光停上你的脊背
希望你带它们出海

你始终沉默不语
甩动的尾巴张开的鳍
表达了我对世界的关注和理解
表达了你自己

1985 年

---

* 此诗选入《朦胧诗后中国先锋诗选》。

星辰在我们熟悉的时刻到来 *

有雪地有清冷的夜晚
我们默默地相对无言
喝着啤酒，把目光擎给对方

这是五月的潮湿化成的寒冷
星辰在我们熟悉的时刻到来

这个时刻
一座房子的里面或者后面
注定有一些秘密和欲望发芽
星辰的目光愿意抚摸那些人们

我们走出低矮的板房
我们发现自己面对整个世界
空旷无声里我们仿佛失重
听见刚出生的孩子开始说话
我们理解的他不能表达
他对自己说了该说的话

星辰在我们熟悉的时刻到来
我们却记不得哪颗星曾抚摸过我们
我们的愿望是在冬天的夜晚
想到故乡的火盆

1985 年

* 此诗选入《朦胧诗后中国先锋诗选》。

拾荒女人

她来自河南乡下
在这里，她已是背井离乡
一个乡下人
每天奔波在城市的街口
满怀热望又表情木然
她和眼前的繁华
既格格不入又寸步难离

对她而言，过去的岁月就是饱经风霜
今天的生活就是风餐露宿
塑料，生铁，废纸
铁皮，泡沫，钢筋
这些原本离她的生活很远
如今都成为她的亲戚和朋友
它们互相关照互相提携
和风雨一起远走他乡

无所谓理想也无所谓忧伤
上层人的智慧和情感她没有
城里人的负累和冷漠她也没有
多收一些破烂，她的生活就多一份色彩
她的坚持和奔波让破旧的餐桌有香有色

老头子的夏衣该买了
小孙女的奶粉该买了
想到这些她擦擦额头的汗水
对着巍峨的楼群高喊
收破烂喽……

2017 年 5 月 10 日

冰雪中的菖蒲

冰雪中的菖蒲
有一颗不死的心
冰雪中的菖蒲
把寒冷当成一种错觉
无论雪还是冰
帮助菖蒲完成一个心愿
在春天到来之前
以雕塑的姿态示人

没有什么
比冰雪中的菖蒲更透明
也没有什么
比冰雪中的菖蒲更寒冷
当冬天从北到南
或者说北风
夹裹着冰雪一路南行
菖蒲就迎来了命运的改变

我也是冰雪中的菖蒲
无比的寒冷
让我坚强和透明
毕竟冰雪犹寒
带来了早春的气质

2016 年 1 月 28 日

山间雏菊

原野铺展绿色和清凉
纷乱的杂草分散着我的想象
我随意的脚步
标志出我凌乱的思想
在静默的深处我期待着，渴望着
远山，定有一段神秘的隐藏

一丛又一丛雏菊
吸引了我寻找的目光
天地机缘日精月华
成就这醉人的绽放
这小小的美丽
就是世间最珍贵的宝藏

山间的雏菊啊
她孤独地生长
是一段艰苦修行的时光
你的赞美
让她散发日夜修行的芬芳
你的脚步
使她到达今生的远方

2016年9月16日

紫砂壶·茶

一抔藏在深山的紫砂
前世结了什么样的缘法
一双众神指点的妙手
成就千年流传的佳话

一股流出深山的泉水
遇见炉火煅烧的泥巴
一片神农发现的树叶
见证水火相容的造化

一把壶，阅尽世间的沧桑变化
一杯茶，蕴含人生的进退上下
走过了人生的春夏秋冬
看过了世间的荣辱繁华
谁能记得这前世的奇缘
一片树叶遇见一抔神性的紫砂

迎来送往一杯茶
家长里短一席话
端起，放下
端起，放下
得失荣辱不过是电光火花
百年人生也只是眼前这一壶茶

2016年1月14日

留守男孩

题记：在大学里教书，写作课上同学们的作文《我的童年》千奇百怪，精彩纷呈，也牵动了我的诗意。

有一个小男孩留守在家
忙工作忙事业他的爸爸妈妈
有时玩有时睡有时发傻
有时哭有时笑像个疯娃

一把锁成了他过不去的关卡
一道门把他的翅膀齐根折下
他的心里有点悲伤
他的欢笑有些喑哑
他的歌声里有成年人孤独的砂

抬头看看天，天空只有窗户一般大
一片片白云飘飘而过
转眼又回了自己的家
看见小鸟就是大喜讯
小鸟啊小鸟
你可看见我的爸爸妈妈
告诉他们要快快回家快快回家

小男孩没事时总爱画画
洁白的墙面是他的天下
他的世界里有很多心里话
小猫小狗小兔小鹿都来听他：
画一片山，我要去那里采一朵野花
爬到树上和猴子说说话

画一片水，我要追逐美丽的浪花
领着乌龟王八大鱼和小虾
小河弯弯总能流到我的家
画一个房子好大好大
有邻居有朋友
还有一个小喇叭
有汽车有玩具
有绿树也有红花
还有一根长长的绳子拴住我的爸爸妈妈

小男孩最爱画一个个丑娃娃
不和我玩你的腿又粗又大
不和我好你的背包冒泡开花
不对我笑你的脸又丑又脏
不听我话你的耳朵成了大象的扇巴
不会讲故事你的嘴巴又歪又傻
只有一颗牙
只有一颗牙

小男孩不停地画不停地画
他的心砸破了锁头去闯天下
他的人冲出了门窗飞遍天涯
小手所及都是他心境的表达

2006 年 5 月

睡在雪地里的女孩

——一首受学生作文启发而写的诗

有一个女孩名叫小花
聪明伶俐老师叫她乖乖娃
有一天，铃声响过下课放学啦
站在门口看看左看看右
嗨！爸爸妈妈没有来接她

美丽的小姑娘什么都不怕
勇敢的小姑娘蹦蹦跳跳上路啦
走过了大路走过了小路
走过了红灯来到了路岔
咦！怎么不见我的家
怎么不见我的家？！

小姑娘迷路啦——

路灯一盏一盏亮起来
行人也渐渐稀少啦
一片片黑影子多么可怕
墙角里是不是有一个黑瞎瞎
抬头看看天
天空飘下洁白的小雪花
飘飘洒洒飘飘洒洒
小雪花都来陪伴她：
小姑娘，别害怕！

小雪人歪着头在路边看她
小姑娘上前来问话：

是不是你也迷路啦
为什么不见你的爸爸和妈妈
你冷不冷，饿不饿
你的孤单我们一起赶走它
我们俩什么都不怕！

小姑娘轻轻躺在雪人的脚下
睁大眼睛看着漫天的雪花
小姑娘进入甜蜜的梦乡
梦里面她不再担心不再害怕
梦里有爸爸也有妈妈

小雪花飘呀飘
它什么都看见啦
小雪花轻轻轻轻地覆盖她温暖她
梦里的小姑娘回到了家
回到了家

2006 年 5 月

关于雪花

把寒冷给了雪花
才有了雪花的纯洁
把温暖给了雪花
就有了雪花的哭泣

尘世中的人总是矛盾重重
彼此依靠又互相隔膜
彼此需要又互相提防
这和雪花的身世以及命运
颇为相似

天空中的雪花彼此相望
相互隔膜
靠风的喊叫它们传递信息
靠云的旗帜它们组织队伍
孤独、寒冷、内心纯洁
成为生命的常态

寒冷深处的雪花
是一种坚守和信仰
温暖深处的雪花
是一滴静寂与禅修

但是，雪花从隔膜开始
却走向融合
它们把渴望和热情献给对方
相拥，痛哭

之后指海为誓：
今世今生
再不分离……

2016 年 2 月

最后的家底

没有了村庄、老屋、老井
故乡还剩下什么？

没有了道路、驿站、旅人
远方还剩下什么？

没有了四书五经、书法、国画
传统还剩下什么？

没有了你、我、孩子
家里还有什么？

看来，诗歌
是我们最后的家底啦

2017 年 9 月 28 日

春天里和我相关的事物

春节的硝烟还未褪尽
春天已经来了
丛林，已经有阵阵鸟鸣
小路，已经有隐隐花香
山间，已经有水声潺潺
已经有绿意站在枝头

我独坐室内
看着次第开花的水仙发呆
看着我养的树木和花卉思绪遥远
如果它们也有思想也有情感
这时会做些什么想些什么

世事纷繁，春光灿烂
一棵树一片草都有权发言
我的目光越过天边的遥远
这就是今天——
春天里和我相关的事物

2017 年 2 月 3 日

学古人的样子写诗

学古人写诗就不要作书虫
不要窝在书斋里作深沉状作痛苦样
读罢万卷书且作江山游

学古人写诗不要当哲学家
不做西方哲学的末流跟班
要和天地自然交朋友
与宇宙万物风雨四季共往来
天地半壶酒，百年一首诗

学古人作诗要说人话懂人味
不顾影自怜，不自说自话
养浩然之气运人性之思
诗有别材非关书，诗有别趣非关理
情到深处都是诗

宇宙天地是古人的
日月星辰是古人的
草长莺飞水流花落春去秋来
都是古人的
我们学古人作诗不与自然交朋友
却幻想把握自然把握宇宙
古人在诗里笑我们
尔果欲学诗，功夫在诗外
读万卷书，行万里路
没有自然和人性的参与
还写什么诗？

2017 年 9 月

我们怎样报答春天

（暮春者，春服既成，冠者五六人，童子六七人，浴乎沂，风乎舞雩，咏而归。——《论语·先进》）

坐在书斋里的人
想象不出春天的模样
书斋里有太多的陈腐气
让人封闭自恋且老气横秋

春天的风，在树梢传递花讯
春天的花，在枝头宣示爱情
小河献出哗哗的流水
唤醒了一地的碧草青青
丛林隐藏会唱歌的小鸟
它们展翅飞鸣寻找和声

山有山的模样，渐渐地岚影重重
树有树的坚持，慢慢地柳带当风
桃树杏树梨树先后展出彩锦一般的花影
有人催促耕牛，有人迷恋香风
我看到无数的孩子放飞风筝
也看到互相扶持的老人，找到了自己的同盟

春天是什么模样？我们怎样报答春天
是否，春天里有你的旧梦
或者，她是你曾经幻想过的少女
让你有了走出家门的冲动

2017年4月12日

涛声与群鸟

比夜更温柔
比昼更美丽
海边的涛声因你而起
海边的群鸟因你而落

当你用手指指挥风
在我的屋顶呜呜作响
告诉我
闭着的眼睛
将看到什么？

当你用闪电的利刃
划开夜的皮肤
请你告诉我
沉睡的心灵
将感知什么？

海边的群鸟因你而落
海边的涛声因你而起
比昼更美丽
比夜更温柔

1987 年

骑马少年和空酒壶（组诗）

骑马少年

骑马少年骑一匹黑色的马
骑马少年的马蹄踏踏
白马非马黑马亦非马
骑马少年举起皮鞭，把满天的星星抽下

他跑过山川跑过草原
在古树旁，摘掉帽子上枯萎的野花
让马儿在梦境里浪迹天涯

他开始用歌声编织花环
用马刀把假想的敌人砍杀
他说，他没有妈妈
他的情人是这匹黑色的马

骑马少年，孤独的少年
他不想把明天变成今天
只想今天骑着他的黑马
今天陪着他的马，在梦里他就有个家

谁不想有个家，只有他没有
只有这匹黑色的马，黑马非马
骑马少年高举皮鞭
把太阳和月亮狠狠抽下

1986 年

空酒壶*

酒壶空了，放在衣柜上
镜子照着它顾影自怜

空酒壶在这个世界上
满了无数个冬天和夏天
满了无数个黎明和傍晚
空酒壶醉过无数的男人和女人

最后一个嗜酒老人死了
留下空酒壶
缅怀空空的过去和未来
和它空空不尽的悲哀

空酒壶多想不空，仔细地
斟酌时间！

1986 年

* 此诗选入《中国现代主义诗群大观 1986—1988》。

冬天的河不起浪*

冬天的河不起浪
女人们坐在河边
用棒槌敲打衣裳

孩子们穿上冰鞋
从近的地方
划到远的地方

你站立不动
看着河面
陪你的是古老的磨房

冬天的河不起浪
谁也不认识自己的故乡
我真想痛哭一场

1986 年

* 此诗选入《中国现代主义诗群大观 1986—1988》。

晚猎

冬天来了
你带着猎枪
走进森林
把心装进枪膛

牡鹿站在悬崖旁
一声枪响
你的心
撞碎在枪口上

你走回你的小木房
点燃孤独的熊油灯
把破碎的心缝合
等待春天

1986 年

午夜雷雨

在我熟睡的午夜里
雷声先于雨声
敲打我的屋顶，这时
有无数梦境被切断
组合成有雷声的雨夜
雨夜，有雷声
敲打我的屋顶

我倾听雷鸣，倾听雨声
想象未来的妻子
伏在我瘦弱的胸膛上
说“雷声敲打我的屋顶”

然后她梦见
提马灯的稻草人
匆匆地走出午夜
把伞支在太阳下
翻晒旧梦，重修屋顶

1986 年

死海里的渔夫

渔夫，回家吧
死海里没有鱼

不，我不相信没有鱼的海洋
我相信自己的网

渔夫，回家吧
死海里没有任何生物

不，我不相信它是无生命的地方
我相信自己的网

渔夫，回家吧
死海里只有盐和波浪

不，我不是在捕捞
我只要把歌声撒进海洋

1986 年

深夜湖滨静坐

这时候世界没有音响
有黑色的羽毛在飞翔
时间悠悠地驶过
把寂寞拉得很宽很长

这时候最好落雨
让我的烟头一红一亮
像一颗颗星星
淋湿鸟儿的翅膀

沉溺往昔已是无望
过去的夕阳只是印象
静静地坐在湖滨
我知道，儿时的爱情已远离家乡

再把头垂得低低，低低
看不见鱼翔浅底
坐不到清晨天亮
等不来想象中的狐狸姑娘

深夜静坐在寂寞的湖滨
想到有一只舢板飘向远方
我的手我的心都在哭泣
有彗星照在我的头上

1986 年

湖水里的钟声

那遥远遥远的
是湖水里的钟声吗
我想到一只鸟儿的翅膀
轻轻地划过屋顶
尖哨的回声留在苍穹

那渺渺茫茫的
是湖水里的钟声吗
无桨的船儿，在月夜的湖心
把梦变成鸥鹭
一些金属，叮叮当当地敲响

那近了又远了的
是湖水里的钟声吗
静静地坐着，你和吉他到了哪儿
看着朋友，想象未来的日子
眼里充满高尚的泪水

那使心灵欢悦又幽怨的
是湖水里的钟声吗
就这样，让我们纯洁起来
听着若有若无的钟声在湖水里荡漾
在我们的心中留下影子

1987 年

莫名之花 *

经历了那么多寒冷
你这忧伤的精灵
为什么又开出花朵呢
而且只有七朵

这可是初冬呀
你不知道
每当夜晚砭骨的霜冻吗
使我也感到寒冷
清早，我常常
留恋着温暖的栖巢

只有七朵，洁白如玉
宛若七个出浴的新娘
我一遍遍数着你们
唯恐你们的纯洁
受到伤害

只有七朵
七星闪烁
我不愿说出你们的姓名

1991 年

* 1991 年 10 月在阿鲁科尔沁旗巴拉奇如德大庙内，看到一株不知名的树开出七朵花。

夜晚的白杨树

倏然，仿佛记忆追溯情感
在我们没有注意的时候
有雪，纷纷扬扬地落下
铺在地上铺到遥远
甚至到天涯

在雪地上，在夜晚
无数白杨树排着既定的队伍
严肃地站着
演习坚定和质朴

从秋后的第一场严霜开始
到现在落完了叶子
没有绿色的小河流过它的身躯
没有叶脉和叶绿素
没有歌声也没有笑容
只有风儿穿行在它们中间
也悄悄地不言不语

当猫头鹰和乌鸦栖息其上
轻轻地拍打翅膀
白杨树也依然冷峻
仰望遥远，漫漫星河中
该是哪一颗星
今夜滑落
坠入尘埃

1988 年

电石

童年时，你是神奇
在夜市场，你平和地燃烧
把安静的光芒洒了一地

少年时，你是惊喜
乡村剧场，你照亮了夜空
连星星也不得不躲避你

青年时，你是奇迹
切开钢铁，斩断藩篱
你好像热爱建设的工地

中年时，你成了惨痛的记忆
十万雷霆的魔火
带走了善良的市民，勇敢的兄弟

原来你一直在伪装
邪恶和报复深藏在你的心里
你在长长的静默中等待时机

天津，8 · 12 是喋血的日子吗
是谁，大意中
放出这魔鬼的亲戚

问责！问责！！问责！！！
放出魔鬼的人
他们自己也该下地狱

2015 年 8 月 12 日

深秋的露珠忍住笑声

一粒粒钻石藏在天鹅绒的深处
我看到深秋的露珠忍住笑声
把自己隐在草丛的衣褶里

我走过的那条山路貌似幽深
针叶树阔叶树互相心照不宣
一个水池连着另一个水池
水中的蓝天和白云被树影和落叶
分割得支离破碎
而海滨的秋风温暖如春

我记忆深处的露珠属于童年
那时的我总是匆忙地跑过草地
露水也总是浸透我的鞋子打湿我的裤脚
我对世界的未来充满信心

现在，我走过秋天的草地
草丛中的露珠并不孤单而且目光犀利
似乎看透我的心思，它们
一下一下刺痛我的眼睛
却什么也不对我说

2017 年 11 月 12 日

这也是我的领地我的秋山

我从城中曲折的街巷走上秋山
山中的秋色连接着沉静的海岸
树的叶子正变幻着色彩也影响着心情
忧郁和沉思已经远离枝干

我听到叶子们哗哗作响的争吵
究竟谁的坚持会是明天的因缘?
孩子们在草坡上打滚
他们不关心四季的交替
有他们，童年的故事会延续得很远很远

这也是我的领地我的秋山
我走在曲折盘桓的山路
一路的联想仿佛故人留恋的驿站
一个契机让时间从过去来到现在
我们也将从现在走向遥远

2017 年 11 月 12 日

眼前的山之南就是大海

眼前的山之南就是大海
山海之间的关系已有亿万年
海，深深的蓝色源自自身
也源自对蓝天的反馈
一种和天相近的色彩
即使不是对照
也让海自此反思

此刻我走在山的这边
我的眼前是沉思的秋色
枫树叶红得耀眼
槭树柞树枝叶斑斓
一条路的尽头横着另一条路
话说两头，山海相依
我从这边走到那边
就仿佛走过了前世今生

2017 年 11 月

一列火车穿透黑夜

此刻，火车已奔行千里穿透黑夜
东方的黎明已如约而来
一车睡意朦胧的人彼此陌生
呼噜声此起彼伏而天色渐蓝

此刻，窗外的黎明就是蓓蕾
没有人能阻止一朵花的开放
这平凡的一天也是神圣的一天
从黎明开始诸事轮廓分明
而这一切都与我息息相关

我知道，万物依靠的太阳即将到来
它就是这一天的花蕊
它成就所有生命的欢颜
此刻，一列火车和窗外的事物
互为背景，在深秋的北方
山岭，农田，丛林，五色斑斓
家乡渐行渐远
阿尔山越来越近

2017 年 10 月 3 日于火车上

湘西印象（组诗）

张家界的山水

这方山水，千峰竞峙
可以消闲旅游，可以炼丹采茶
这方山水，万壑争流
可以相约纵酒，可以挑灯夜话

甚至可以什么都不做
我们就站在峰顶
扯一片天边的云
送给情人作头巾
或欢迎远客的哈达

当然最好我们假作土匪
那样，这里就成了
土匪的老巢
和诗人的故居

每当风高夜黑
我们就守着天门
这个世上最奇特最凶险的门口
歃血为盟
抢劫天下最美丽的词汇
搜刮世上最浪漫的情话

2017 年 12 月 9 日于张家界

今夜，我们在火坑屋*

醉诗之后
寻求醉酒
诗人们
学土匪的样子
唱着歌
拎着酒
跳进了火坑

多么可爱的诗匪啊
酒鬼酒
湘西餐
吼歌，诵诗
畅所欲言

你是天南
我是地北
这不要紧
要紧的是
为了小时候
吹过的那些牛逼
我们今夜
不醉不还

2017年12月9日

* “火坑屋”餐馆瓷杯上印着的一句话“我们现在的努力，都是为了小时候吹过的那些牛逼”。

张家界大峡谷玻璃桥

为了克服恐惧
我就假装是个胆大的人
我先是看着远方
不看脚下
后来我连脚下
也使劲地看放肆地看
当真的不害怕时
我就高高在上了

甩开了恐惧
恐惧就一文不值
怀抱恐惧
恐惧就矜持无比

张家界玻璃桥
让我跨过了
该死的恐惧
也测量了
恐惧和我的距离

2017 年 12 月 10 日

张家界，一种担心

我来湘西时
这里天下太平
土匪们
早已没有了踪影

来这里
我不担心财物
也没有
生命安全问题

但我还是担心
这方山水
担心它
会把我
或者把我美丽的夫人
抢了去

2017 年 12 月 13 日

在张家界与一只鸟对视

张家界
奇
奇的岂有此理

张家界
美
美的无懈可击

在张家界
我与一只鸟对视
它笑我
少见多怪
傻傻的
东张西望
有点不可思议

2017 年 12 月 10 日

在天门山顶喊一声：圣旨到

真想在天门山顶
喊一声：圣旨到
因为我看到远处的群峰
穆然肃立
有文武百官的庄严

这些不肯折腰的山
他们修行了三亿八千万年
才成这个样子
我不说出他们的心愿
实在于心不忍

真想在天门洞口喊一声：宣
我们每个人都是自信的王
就让这些骄傲的山峰谦逊的山峰
以及他们的满腹经纶和饱经风霜
从容地越过我们

尽管他们对我们不屑一顾
我们却可以放下姿态
对他们五体投地
深深一拜

人生不过百岁
是虚拟的王
他们三亿八千万岁
是真正的神

2017 年 12 月 12 日

我没见过佛

我没见过佛
但我见过佛像
见过第一座佛像后
我就确认佛是如如不动的
因为我知道每一尊
都始终保持一个姿态

如果有一天
佛像动了
要么是天塌地陷
要么是人祸降临

佛有时对人微笑
佛有时对自己笑
那些认为没有人
佛会孤独的人
永远也成不了佛

我没见过佛，但我见过佛像
对于肉身的人
心怀感恩与善念拜佛
既是智慧也是慈悲

2018年2月23日

海滨日出

——题民间摄影家海川先生摄影

你先于黎明抵达海滨
所以你突破黎明前的黑暗
你先于黎明抵达今天
所以才能站在曙光的中心

当所有人沉睡
星星也沉睡的凌晨
冬天的霜雪不动声色
让你的脚步有些孤独
但你依然义无反顾
在海滨的寂寞中等待和捕捉
黑暗和光明都需要耐心

你终于等来最美好的一瞬
这一刻一只海鸥舞于光明
这一刻一艘轮渡抵达今天
这一刻无限温暖覆盖大地
巨浪滔天似是歌声四起

你在东方的海滨等来新的日子
这新的一天不同凡响
你在东方的大海看到日出
这新的太阳就是美丽的凤凰
浴火重生

2018 年 2 月

狼和日出

——题民间摄影家海川先生摄影

在你看来，一只狼
一定和日出没有关系
狼，只应该在有月亮的夜晚
潜行森林或草原
它们彼此关照和帮助

如果有了发现
或需要团结战斗
就仰天长啸
吼出胸中的郁闷和不平
让听到的人和动物
要么远离
要么俯首称臣

但今天，我是一只
穿越黑夜的狼
我熟悉黑暗
我用绿幽幽目光穿透夜幕
我突然爱上了光明和温暖

这就像人类的爱情
痴迷和癫狂没有来由
却让他们深陷其中不能自拔

总之，一只狼
在冬天
有所选择也有所放弃

只有生的意志
如荒原上的草
从脚下漫过天边

2018 年 2 月

第四辑

秘境诗履

深秋三潭峡我看见一万只老虎

壁立危崖下的流水名叫哈拉哈
急湍飞瀑的一咏三叹名叫三潭峡
春天时，我见过
它被无边的冰雪覆盖
巨大的河心石在雪被下沉睡
它们在等待匆匆赶来的恐龙妈妈

远望坡岸上的鲜艳色彩
那是凌寒开放的杜鹃
它在通告南风捎来的温柔情话
夏天，远近的山岭、森林、草原
都披上厚厚的绿色
阿尔山仿佛就是绿色的童话
那是旺盛的生命恣意铺张
一望无际的壮阔波澜
总是有关山清水秀的喧哗

我在深秋的三潭峡看见老虎
一万只老虎下山了
五色斑斓的山岭
就是铺天盖地的虎虎生威
目睹这一切
我的内心被狂喜所充满
却没有意料中的担心害怕

冬天的三潭峡
有一段不能不说的故事
绿色去了远方

我熟悉的植物
收走了所有的蓓蕾和鲜花
那些威猛的老虎耐不住北风的寒冷
集体回到丛林深处的故家

我想念那些生命中的老虎
能看见一万只老虎
是一生中了不起的机缘造化
我要把这些老虎藏在记忆深处
想念阿尔山我就牵出这些老虎
在城市的大街小巷溜达

2016 年 1 月 18 日

秋日的天空是一座云的天帐

西来的秋风浩荡飒爽
兴安岭的森林五色张扬
百花早已收起它们的艳丽和娇嫩
松鼠和雪兔匆忙地准备过冬的干粮
只有大雁在天池边走亲访友
看看有谁，不想回到想念的南方

多嘴的喜鹊也听到阵阵涛声
它们站在高高的枝丫向远处眺望
当秋风静止，森林寂静
它们想看看兴安岭
是否，这里真的有一座云天大帐

一朵云停下，又一朵云停下
它们排闼而来，列队成行
铺天盖地的白啊，这么多的云朵在天空游荡
——此刻，阿尔山是世界的中心
兴安岭就是一个偌大的毡房

多么伟岸的白云队伍，多么浩然的一座穹庐
巨大的森林是绿色的地毯
无数条河流是毯子上的勾云图样
鲜花和百鸟是锦绣的织纹
五谷葳蕤散发醉人的清香

秋日的天空是云的故乡
我看到一只蒙古金雕奋力飞翔
它的努力抬升了天空的穹顶

我看到整个大地
都被装进这座白云的天帐

2015年9月12日

柳兰，柳兰

柳兰，柳兰
对谁的等候让你站在路边?
小路通向大路大路通向天边
这牵挂与爱恋的绳索
会把谁带到你面前?

柳兰，柳兰
对谁的深情让你来到乡间
落叶松做你的邻居，白桦做你的围栏
你坚守自己的承诺，你相信忠贞的期盼
不管是苦是甜，你总能等到一见钟情的爱恋

柳兰，柳兰
我认识你在多情的阿尔山
那一定是你我前生有缘
阳光照耀，我看见你羞红的脸
小雨微微，你摇晃你的双肩
你的心里有着绵绵不绝的呼唤

柳兰，柳兰
春天的一行弱柳，夏天的美丽容颜
秋天的一束烈火，冬天的一缕轻烟
柳兰，柳兰
你用一生的守候
化作这一路的誓言

2015 年 7 月

油菜花——上帝的金子

二〇三公路像一条大河在汤汤奔流
川流不息的汽车仿佛无数竞帆的小舟
两岸的风光，是渐次打开的画卷
我的心不知不觉为她逗留

高举哈达的森林，披着雾霭的山丘
捧出鲜花的原野，歌唱爱情的鸟鸥
车过萨然台大桥，车过哈日白辛
车过奥伦布坎，在森林草原之间
是什么照亮我的双眸——

油菜花开，油菜花开
仿佛是上帝的金子
遗忘在阿尔山的梁前山后
金光闪闪，宝气外露

我要把这硕大的金块
捶打成一枚枚纽扣
扦在我的衣襟，缝在你的胸口
当我远离，当你告别
我们也会永远系住
阿尔山的山明水秀

2015 年 7 月 20 日

伊尔施的星空

说来就来的云总是把天空遮挡
说下就下的雨总是把山河洗得清亮
告别红花尔基告别樟子松的故乡
一路狂奔，我们回伊尔施

一路的灯光随意切割周围的夜色
从暮色微茫到夜色凝重
我们谈论伊尔施的星光
宇宙无边，今夜伊尔施是它的厅台
大千空旷，今夜伊尔施是宇宙的中央

一阵歌声熄灭了所有的灯光
像镶满银钉的巨大盾牌
一个穹顶覆在伊尔施的头顶上
霍岩，把镜头对准星空
不间歇地拍照描绘星辰的轨迹
到今天才发觉每一颗星星都如此繁忙

无数的星星把夜空展示得符合幻想
今夜也会有无数的知音把星空眺望
有一些契机，也有一些希望
有一些美丽，也有一些忧伤
这是我童年的星星啊
它们是否记得我奔跑过的高高山岗

我站立在繁星满天的晚上
伊尔施在我的心中留下无尽的想象

在这远离喧嚣的地方得到的岂止是宁静
多情的星星，是照亮我们心中黑暗的灯光

伊尔施啊，梦想纷飞的地方——
无边的森林绿色洋洋
奇幻的天池勒住过往的匆忙
纷繁的野花留意童年的惊喜
缥缈的云岚按幻想的方式生长

我多想沐浴这浩瀚的星河
我多想痛饮这醉人的星光
站立在繁星满天的晚上
伊尔施在我的心中种下狂想
在这远离喧嚣的地方
多情的星星也看见爱情的芬芳

我想让世人知道
一旦你目视这星辰的轨迹
你的生活再不会纷扰惊慌
你生命的天空，从此缀满繁星也缀满明亮

2015 年 7 月 25 日

远眺阿尔山摩天岭

缥缈的云，在山那边
生命的歌，在山那边
山那边的湖水梦见蓝天

百鸟歌唱森林，溪水弹奏琴弦
驯鹿驮着神话，黑熊忘了冬眠

在山那一边，在山那一边
柳兰像一条大河
流淌在思念的路边

攀登的路，在山那边
笑靥的花，在山那边
山那边的山，渐远渐蓝

松鼠破解着秘密，天鹅驮来了春天
鸬鹚正在忙碌，野鸭自在悠闲

在山那一边，在山那一边
柳兰像一匹绸缎
抖开在晚霞的天边

2015 年 7 月 28 日

野罂粟

如果你在阿尔山的草地或山坡
看见几株野罂粟
它们一定在交头接耳窃窃私语
由于近亲名声不好，它们也必须谨小慎微

草丛中时隐时现它们的身影
仿佛一首不太长的歌曲
又像是时隐时现的几颗星星
在春天，在夏季它们悄悄开放
似乎不愿意引起人们的注意

薄如蝉翼的罂粟花瓣
柔若绸缎的罂粟花瓣
一阵小风就能吹破的罂粟花瓣
因为近亲的名声不好
它们隐姓埋名，把自己藏在深山

多么伤心，多么柔软
彼此相望的罂粟花
美丽无奈的罂粟花
它们的前生结了什么孽缘
它们的今生要做怎样的回转

罂粟花，孤独的伙伴
今夜，愿天空的星星
安慰你们忐忑的睡眠

2015 年 9 月 1 日

一场大雪和北风不期而遇

有时九月，有时十月
内陆还是小阳春
阿尔山已展开冬天之翼
当少许候鸟还在犹豫
叶子留恋在枝头
一场大雪和北风不期而遇

凶残的北风得意地吹着口哨
一会儿像刀子割断花朵和叶子的联系
一会儿又像皮鞭抽打紧急南飞的候鸟
留鸟们则不慌不忙关紧家门

我在漫天飞雪的讯息中
坐拥滨城，畅游古典
深夜，大雪封门群星隐匿
一阙古曲注释北雁南飞

一场大雪和北风不期而遇
我在幻想的雪原寻找梦中的白马
这时，远方来电——
在大雪中醒来的伊尔施已装饰一新
整个城市的大地和屋顶都镶嵌钻石
远山和森林全都铺满白银

2015 年 11 月 10 日

远方的雪

听说阿尔山一直在降雪
大雪已经覆盖山林
覆盖道路与河流
大雪让山岭和山岭更加相似
村庄和村庄更加遥远

那是远方的雪啊
比梦境更洁白，比幻想更纯粹
当我静坐书斋凝神冥思
窗外，一场大雪也匆匆赶来

我不能看见的雪，不是现实的雪
我不能抚摸的雪，不是真正的雪
远方的雪来到门前
就是记忆和缅怀，就是思念和村庄
就是真实的诗歌照耀我的双眼

我爱眼前的雪
更爱幻想的雪
我热爱大雪中的村庄
我热爱梦幻中的阿尔山

2015 年 11 月 22 日

冬天的一滴水

一滴水能走多远的路，没有人知道
一滴水究竟有多少朋友，也没有人知道
到底是多少滴水，乘着冬天的风
来到阿尔山，也没有人知道
我所知道的是它们中的每一滴
都心念远方走了很远很远的路

来到阿尔山的每一滴水
都是多年前的朋友
无数滴这样微小的水
以多变的六角型面对共同的愿望
栖息在山峦，河流，树枝
一望无际的白，既纯粹坦荡又让人无话可说

每当我想到这满山满地的雪
我的心就好像被春天的夏天的雨水
和冬天的雪所充满
这些神圣的水心平气和地相约
在北国在阿尔山
为的是一场玉树琼花的盛宴
为的是童话里没有盗贼的夜晚

2016 年 1 月 12 日

阿尔山之恋 *

谁的记忆，谁的容颜
谁的等候，谁的期盼？
谁的孤独，谁的伤感
谁的执着，谁的眷念？

阿尔山，阿尔山
雨燕描绘你的春天
阿尔山，阿尔山
丹顶鹤飞过你的窗前

谁的挽留，谁的祝愿
谁的歌唱，谁的呼唤？
谁的故乡，谁的依恋
谁的等待，谁的明天？

阿尔山，阿尔山
桦树林编织绿色的梦幻
阿尔山，阿尔山
白天鹅驮着梦想中的家园

走不出你的森林
飞不出你的视线
忘不掉你的问讯
剪不断你的思念

阿尔山，阿尔山
你的厚重丰富我的情感

2009 年 4 月 10 日

---

* 2009 年 4 月 10 日与吾弟阿尔山旅游公司总经理长首先生登阿尔山积雪覆盖的山岭，归后有感而作。

阿尔山之夜

世界在此刻停止声张
屏住呼吸的阿尔山熄灭了所有的灯光
亿万斯年的山岭开始安睡
他们放心地穿上了黑夜的大氅
好动的生灵坚强的树木
都安静下来，他们一起进入春天的梦乡

我在阿尔山的中心向世界瞭望
无数的繁星和我交流会意的目光
我留意着星辰的轨迹
今夜，它们照亮阿尔山的高高山岗

我只是阿尔山的一个匆匆过客啊
匆匆的过往让我诗意悲伤
我也想是这里的一棵树
站在高高的坡岭体验刚强
我要长出好多好多的叶子
朋友们，我用这些绿色的手掌
为你遮挡出一片片友谊的清凉

2009 年 4 月 8 日

玫瑰峰遐思

天空，就是牧人的毡房
大地，就是牧人的婚床
百灵鸟在歌唱爱情
动人的故事在晚风中飘荡轻飏
壮丽的玫瑰峰一言不发
西天的晚霞为她打扮梳妆

向晚的天空一派苍茫
云岚模糊了记忆的方向
放下蒲团的仙人，他们究竟去了何方*？
拾级而上，思绪盘桓
抚石而下，心意彷徨
生活的道路，难道不是这九曲回肠
粗粝的石头，岂不知人生的百岁沧桑

远眺吧，远眺啊
夜幕开始点缀迷人的星光
草原静谧，农舍安详
渐起的灯光，把我们的心也一一点亮

玫瑰峰，玫瑰峰
你有亿万斯年的悲怆和坚强
放下的是包袱，挺起的是脊梁
泉水叮咚，溪流汤汤，远离恼人的尘嚣
心，就到达了很远很远的地方

2015 年 4 月

---

* 放下蒲团的仙人：玫瑰峰上有数个形似蒲团的石头。

亚洲百里香 *

看见你，就仿佛闻到你的芬芳
抚摸你，就仿佛听到你轻声吟唱
路过你，就仿佛承受你的重量
你匍匐在地
是为了更好地仰望
你巧笑倩兮
引得这南来北往的驻足畅想

百里香，千里香
一种花的名字如此漫长

回忆你，仿佛你就是花轿上的姑娘
描绘你，仿佛你就是梦想的故乡
寻找你，仿佛你就是思想的膏粱

百里香，千里香
你用这一路芬芳
把游子回家的路照亮

2015 年 4 月 21 日

* 亚洲百里香：又称千里香。

红毛柳　观音柳

像是一个传说，你沿着河岸行走
你走过的地方风沙停歇
你站立的地方相伴碧流
那些古老的村庄是你最好的邻居
你会经常来到他们的案头

像是一段歌谣，你总是那么亲切那么顺口
有多少动人的故事啊
光屁股的男孩，在柳丛里逮住一只林蛙
梳着抓髻的丫头，看到一窝刚刚出壳的斑鸠

红毛柳啊，观音柳
叫你“柽柳”已经太久
《诗经》里有你的大名
《本草》中你再次回眸
救死扶伤，木中之圣
大者为材，小者为柴
无私奉献，夫复何求？

红毛柳啊，观音柳
你装点十里河湾的风景
你报告南风行走的节奏
积雪尚未融化罡风仍在门头
只是听说春风北上
你就大碗大碗地喝起高粱烧
把自己从里到外地醉透

红毛柳啊，观音柳
我的诗歌愿为你逗留
柔软不是怯懦，坚韧才是风流
我和你一起站在河滩
抖起朝霞一般的漫天锦绣

2015 年 4 月 25 日

月下天池

有一种思绪是亘古迷恋
有一种默契是心照不宣
当万物沉睡星星也不再眨眼
阿尔山的月亮，在天池上空悠悠高悬

仿佛是一次甜蜜的约会
又仿佛是一次告别的晚宴
神仙宝镜，大地之眼
就这样默默相对
无声地注视胜过世间万语千言

有一种爱情只在心底沉淀
有一种誓约相遇就是千年
阿尔山圣水神泉
兴安岭连绵不断
无声无尘的世界
唯有相知相依的陪伴

人生难免坎坷，世界有时黑暗
只要彼此牵挂
就无需计较心痛还是欢颜
天池，明月
明月，天池
今夜的秘密就是倾心相伴

2015 年 7 月 8 日

兄弟松

因为我们是兄弟
肩并肩手挽手的兄弟
所以，我要指给你远天
远天中的鹰和飘荡的云

近处的树暂时可以忽略
脚下的流水暂时可以忽略
走过身边的季节也可以忽略
但鹰的翅膀不能忽略
因为那上面是无法预知的九霄苍穹
鹰的翅膀反复测量
这理想和现实的距离

鹰的翅膀是流传千年的玄铁
鹰的俯冲像玄铁的坠落
鹰的飞翔像童话里的神箭
一只神箭总能抵达想象的高度

兄弟，我指给你云
是因为云的自由我们没有
云的姿态我们没有
我们站立千年阅尽人世沧桑
也只能接受空洞的瞩目和廉价的赞美
所以我指给你远天的鹰和飘荡的云
因为我们是兄弟

2015 年 7 月 9 日

夏日冰河

绿草如茵描绘无边无际的浩瀚
森林起伏构筑连绵起伏的山峦
繁密的野花我不知道它们的名字
它们不断冲我眨眼
还有的把醉人香气送到我的面前

一条河该怎样开启它的一天
一条河该如何迎接季节的变换
夏日冰河，我到来时
你拿出一川的冰雪之钻

多么神奇的森林之河
不惧隆冬的北风刺骨保持流动的姿态
不怕夏日的烈日炎炎擎着冰川的礼赞
这特立独行的风骨
才是塞外北国最美的容颜

哈拉哈河说：
我攒下这一川的冰雪之钻
就是为了给你一个惊喜
我攒下这一川的冰雪之钻
就是为了给你盛夏的清凉
当你风尘仆仆千里迢迢为我而来
我怎能不给你前所未有的惊叹

我攒下这一川的冰雪之钻
为了还你一个梦想
我攒下这一川的冰雪之钻

因为我记得，所有少女的美丽
我记得所有男人许下的心愿

我要让世人相信所有的童话
还要让世人赞美所有的良善
今天，我给你们一座钻石的原矿
你们可要记住啊，哈拉哈河
从此成为你爱的誓言

夏日冰河啊，冰雪之钻
你总是突破人们的想象
人们夸你是传说中的精灵
而你却乘着歌声的翅膀飞过蓝天

2015 年 7 月 23 日

想到鹰，就想到了阿尔山

想到鹰，就想到了阿尔山
就想到天空的辽阔森林的邈远
当我在摩天岭看到远空中的鹰
我发现，鹰的翅膀
把天空抬得比高更高，瞭望它
人，不得不折断自己的视线

自由，是鹰的灵魂标签
飞翔，是鹰的信仰名片
孤独，是鹰的必然命运
山峰和危崖是它生命的起点和终点

在草原上瞭望鹰
需要牧马人的勇敢
因为你会有飞上太空的冲动
你会厌恶人类的
自私狭隘和目光短浅
你也想挥动手臂
划动想象的航船

鹰的翅膀背负青天
鹰的双眼透视千年
当一只雄鹰从天空划过
大地也坦开胸膛
狐貂鼠辈，望之丧胆

我在阿尔山的天空看到鹰
那神灵之物

用滑翔的礼赞馈我双眼
像一支黑色的箭射向目标
像一个休止的音符标在终点
一只鹰，忘我地飞翔
背景是茫茫九天

孤独的鹰，英雄的鹰
你的命运就是与长空相伴
这森林这草原这天池这高山
一切的一切
都在你王者的领地
你背负青天朝下看
为的是万山朝圣
领略尊严

2015年7月4日

又见白桦，又见白桦

一条弯曲的木栈道把我引向何方
四野无人，偶尔只有树木的轻响
昆虫在低歌，布谷鸟在召唤
哈拉哈河也在左前方悠悠弹唱

在密林深处，我又看到白桦
站成森林的白桦树神采飞扬
她们的姿态趋向一致，站在一起
犹如无数少女，安静无言落落大方

她们是在舞蹈吗？
我看到夏风提着无数花朵穿过她们的厅堂
不知名的鸟儿身在他乡
我听到一阵又一阵浅吟低唱
那被风吹动的叶子片片翻飞
它们的喧闹让枝干也有了移动的思想

我扶着这些很有情感色彩的桦树
我的思绪穿越易碎的时光
历史就是我身边曲折的河流啊
而雨水顺着我的额头不断流淌

这是阿尔山的密林深处
大自然按部就班安排自己的构想
麋鹿在自己的王国漫步
野花开放在自己的故乡
森林坚持自己的意志
溪水盘算河流的方向

在阿尔山，我看到这一切
它让我远离颠倒梦想

2015 年 8 月 5 日

雨中的玫瑰庄园

雨中的玫瑰庄园寂寞而安谧
座座彩色的小楼宛然童话的基地
院子中的小湖被紧紧环抱
雨点打出片片涟漪
一个钓鱼的人，站在雨里

一个钓鱼的人，站在雨里
他的钓竿不断地提起
每一次提起，我都仿佛听到
有一条鱼在哭泣

有一条鱼在哭泣
在寂寞而安谧的雨里
玫瑰峰清晰在望，雨燕飞舞穿梭
它们的故事没有人提及

清晨，雨中的玫瑰庄园
沐浴着透过雨雾的晨曦
远山如梦，朝露垂地
我漫步在蒙蒙的细雨中
踏过地上无数纵横的小溪

2015 年 8 月

在阿尔山，我看到远志

在阿尔山，我看到远志
这著录于《本草纲目》里的植物
在山坡草丛中毫不引人注目
叶子细小，仿佛乡村女子的碎花裙子
茎干弯曲，像是小小的射月弯弓
它们的淡蓝色花，只有米粒大
薄雾蒙蒙天空上的稀疏星星

童年时的我，肩扛镐头
跟着姐姐在南山南、北山北奔跑
在刘家窝铺山、赫叶哈达山奔跑
寻找躲在杂草深处的远志
刨出，晾晒，去芯，到供销社卖掉

那时的我还是懵懂少年
远志的功用我闻所未闻
只知道，草药可以换钱贴补家用
草药可以治病救人
后来，我才在一本中医书中看到
远志：宁心益志，平喘止咳
我由此对这些乡村女子有了深深的敬意

乙未夏天，我在阿尔山的山间草丛
看见远志，仿佛看到失散多年的玩伴
又像看到初恋的女友已经子女成群一切安好
从此以后，我不再为她们操心

在夏天的阿尔山，看到远志
是一次没有预约的相会
我的情感被城市生活所褶皱
却被这细碎的蓝色花朵一次次熨平

2016 年 1 月 14 日

在龟背岩前看见小火车

一列小火车停在广场中间
没有汽笛没有车站
钢轨也没有延伸
延伸的是我们的视线

一列小火车是一段历史
历史曾经被有意折断
一列小火车是一段记忆
记忆在这里有难忘的悲惨

看见小火车人们拍照、参观
我却心思怃然
忘不了阿尔山曾经破衣烂衫
忘不了阿尔山也曾血泪斑斑

历史不能割断，包袱放在一边
看大森林郁郁葱葱
就知道这里的生活已是新的开篇

我盼望小火车重新开动
那将是新世界新远天
我愿成为第一批乘客
跟着它到密林深处去寻找那个
传说久远的答案

2015 年 8 月

秋风吹走夏天的野花

秋风吹走夏天的野花
兴安岭默默接受季节的变化
山岭上的野菊开始枯萎
蓝铃儿说出最后的情话
几只离群的大雁
在湖畔丢失故居
一群麻鸭把它们当成亲人
领回自己的家

落日时分，满天晚霞
是谁，在秋天的门口伫望天涯

哈拉哈河水愈来愈清
每当它走过清水溪三潭峡
都会不由自主大声地说话
山里太寂寞，峡谷挺可怕
它一路唱着歌给自己壮胆
松林里涛声阵阵
是山川岁月在为季节往来问卷作答

远方的客人驻足阿尔山
不忍离开这天池这温泉这野花
他们听说此时风雪已经在路上
秋天刚露头
这里已经在构思冬天的童话

秋风吹走夏天的野花
满山的杂草已经把种子攒下

再给阿尔山加点颜色吧
让整个大兴安岭成为斑斓的彩林
让秋风的画笔成就天地造化

西风追随长空的大雁
刺猬和棕熊
开始准备冬眠的卧榻
而我不想离开这自由的领地
我要把阿尔山
当作自己灵魂的故家

2015 年 8 月 27 日

向阿尔山的秋天鞠躬致敬

宇宙的法轮推转阴阳交叉
季节更替带来大地的衣衫变化
不要说秋天的风萧索冷峻
我独喜爱这秋日天空的
辽远无涯

列阵的大雁分割天空的形状
缥缈的白云填补蔚蓝的空暇
秋风之来带着五色彩笔
阿尔山就是它精心描绘的油画

我向阿尔山丰硕的秋天鞠躬致敬
我像哈拉哈河水一样高声喧哗
赞美五色锦绣般的
山川草原河谷大地
让自己的内心充满秋天的童话

忽略古人的悲伤、孤独、寂寞
在秋天的兴安岭阿尔山
我要赞美高粱握紧的拳头
还有大片大片的玉米
怀抱金色的娃娃

九座天池开始变冷
早晨的露珠结成耀眼的霜花
唯有秋天的玫瑰芬芳馥郁
它的香气，来自内心的强大

远方的客人啊，你可曾留意
你是她内心的一份牵挂

我向阿尔山的秋天鞠躬致敬
我要在心中筑起一道美丽的篱笆
与诗意同行
与自由相伴
远离庸俗
拒绝异化
一个人只要与大自然倾心相对
必会相传一段
与山水心心相印的佳话

2015 年 8 月 28 日

一场大雪正匆匆赶来

北风放牧着群羊
百灵梳理着忧伤
三个季节已匆匆走过
曾经的美艳和灿烂都成过往
阿尔山此刻陷入沉默
似乎要在慎独的冥思中
体会冬天的漫长

天池水依旧清澈嘹亮
扔块石头，它就绘制年轮的模样
多年来它一直提示人们什么秘密
费尽心机的猜测
已不能找到了解真相的船长

历史有时模糊有时清晰
谁又能记得起前世沧桑？

没有人知道一场大雪正匆匆赶来
西风正在为它安装威猛的翅膀
那是一场为了告别的聚会
为的是阿尔山最后的盛装出场

雨燕仍在讨论过冬的衣裳
目光短浅的麻雀
永远围在猪栏旁
喜鹊和乌鸦
在城市和乡村间进进出出
它们也不关心这世态的炎凉

只有一只雪鸮
在夜晚的森林极速滑行
它知道这盛大的消息
犹如尘封千年的奥秘
只有沉默的森林能够分享

远山不动声色，森林静静谛听
一场大雪正匆匆赶来
这是一年之中的另一场盛宴啊
我早已把这洁白这纯粹这寒冷
带进我思想的故乡

2015 年 11 月 8 日立冬日

冬夜，天池之月

冬天的夜静谧安详
星星稀疏点点微光
永恒的北斗
在宇宙的一侧静静凝望
今夜的西北风有些专注
它圈起了密林深处狂躁的群狼

不像春天那么激动
也不像夏天那样繁忙
更不像秋天
一阵紧似一阵的秋风
一层层传送季节的悲凉

冬天的夜
像是一阙需细心聆听的乐章
棕熊已经酣睡，刺猬进入梦乡
一枚清冷的圆月
飞过天池静默的营房

月亮看着天池
那是可以起飞的地方
天池看着月亮
那是曾经梦想的天堂
多么神奇，每一座天池
都有一枚崭新的月亮

我在冬天的夜晚
想念阿尔山的月亮

天池之水仿佛是记忆中的画墙
是否有另一个我
在冬天的夜去看望天池
冬夜的月亮
把我的思念理清并且擦亮

安静并不是休止
想念却令人惆怅
在这样初冬的边缘
一条记忆中石板路
让我的诗意
伸向温暖的远方

2015 年 11 月 9 日

阿尔山的深冬

冬天越来越深，越来越敞亮
原野里神的白银广阔深厚
要用一个春天才能挥霍精光
天空仿佛一个巨大的笼子
容纳流云，容纳飞鸟和幻想
和春天大同小异
不同的是，春天的天空
有蝴蝶的翅膀驮着花的芬芳

站在阿尔山深冬
我看不到的寂静还徘徊在远方
眼前的树林，一只鸟召唤另一只鸟
像极了人类兄弟姐妹的关照商量
雪野一望苍茫，炊烟冉冉向上
当黄昏来临，太阳隐没
鸟儿放弃对未来的关心
只想找到温暖的地方

我的前世或许是一只鸟儿吧
我也曾拥有一对自由的翅膀
也曾经拥有自由的歌唱
天空，大地，田野，河流
我待在哪儿，哪儿就是家乡
只要有一根树枝，我就把小小的家安放

阿尔山的深冬，白得坦诚豪放
河流收起夏日的喧哗
却收不走季风吹过森林的声响

一队飞鸟带着仰望者的音信
它们的身影
定格在遥远的天空上

2016 年 1 月

岁月的枝头山岭的背后

寒冷锁不住春天，冬天也关不紧季节
当威武的北方愈来愈冷
南方也传来大雪的美名
秦岭积雪，峨眉积雪
山城积雪，羊城积雪
大雪一路南行
一路的大雪和寒冷
引来数量相等的赞美和诅咒
试问，在这个星斗满天的夜晚
有谁在雪夜围炉对酒，添香读诗？

岁月的枝头山岭的背后
春天已经动身
我看见阿尔山积雪的下面
一株草携手另一株草
一棵树呼唤另一棵树
它们正踏雪而歌随风舞蹈
这让春天的到来既像一首歌谣
又像遗失已久而重拾的旧梦

大雪封门的日子
寒冷总是借着雪花传递信息
山水相连千里冰封
我熟悉并热爱这寒冷
让我在北风中纵情高歌的
是阿尔山热情的山川
是花草树木河流
是寒风中迎风招展的旗帜

我跨越河流山岭草原
为的是大地轮回四季如歌
一场梦幻连接另一场梦幻

我站在季节的门头，有时笑有时歌
脑海里是风雪难阻花雨盈门
只在夜深人静
我才打开记忆的轩窗
远山如黛，岁月如歌
这时的阿尔山虽远犹近
一支深情的古曲
如拂之不去的梦幻
萦绕心头

2016 年 1 月 28 日

杜鹃湖天鹅

一定是仙女触犯了天纲
才有了这翅羽洁白的无瑕飞翔
一定是骄傲的公主受到诅咒
不然又何来这器宇轩昂落落大方
天鹅，天鹅，世风日下
会否让你的奋飞偏离方向

杜鹃湖碧波荡漾
蓝天白云都在她的中央守望
一对对天鹅交颈亲吻
背景是大地悠悠长空苍茫

天鹅的歌声穿越林莽
我听得出它的寂寞忧伤
难回天庭当然无奈
皇宫也没有往昔的富丽堂皇
还有，谁都放不下这穿越万里的飞翔

其实，看见天鹅
我的爱就已经负伤
我担心每一处丛林，我怀疑每一处山岗
如果出现枪声
我会比天鹅先倒地身亡

如果那一天真的到来
天鹅，天鹅，你要用翅膀把我埋葬
我留在世间的诗啊

就当是我写的天鹅诔
让它随风飘扬

2017年4月22日晨

善良的狍子

叫我们矮鹿，因为我们长得和鹿很像
叫我们野羊，因为我们有一副和善心肠
但更多的时候，叫我们“傻狍子”
那是因为我们襟怀坦荡

天空蓝得铮明瓦亮
丛林里处处都是鸟语花香
人类啊，要是你心怀仁善
我会带你找到古老的宝藏

但你总是那么贪婪
看见我，就唤醒你心中饕餮的豺狼
射击，射击。多么可耻，你——
还要把死亡的路照亮*

我就是傻呀，躲过你致命的一击
忍不住要回来看看你的模样
因为我相信慈悲相信上苍
我把你的阴险当成是错位的善良

你还是再次举起手中的猎枪
那么，开枪吧，懦夫
手不要颤抖，你射出的是子弹
罪恶会把你的良知埋葬

2017 年 4 月 23 日

---

* 把死亡的路照亮：过去人们猎狍时，总是打开探照灯吸引狍子。

梅花鹿

在国画中，你是财源滚滚幸福安康
在民间故事里，你是神仙的坐骑
腾云驾雾，游历在佛国仙乡

当然，最著名的还是九色鹿的传说
你无私相助，换来的是世人的背叛贪妄
梅花鹿啊，你美丽的茸角演化成龙的雄强
呦呦鹿鸣，唤来高朋满座鼓瑟弹唱

而今，物是人非世事沧桑
你依然是传说中的模样
只是再没有祥云伴随
再没有仙人来往
你在羊圈中牛群里任人豢养

梅花鹿啊，仙人的坐骑
再不能踏云飞翔
落入世人的圈中
纵有神威也只能做他们的膏药干粮

梅花鹿迷失了它高高的山岗
猎鹿人也收起嗜血的猎枪
养鹿人盆满钵盈
神话的故事早已被遗忘
谁能告诉我，一个诗人
为什么心痛哀伤？

2017年5月1日

第五辑

草树歌舞

草的四季，草的忧伤
——一个草民关于草的随想

1

草的苏醒缘于大地的一声惊雷
缘于白居易的一首诗歌
缘于六畜和昆虫们生的渴望
当春风未动，天气犹寒
草们彼此传递一个眼神
春天的消息就在草尖上流传了

春天的草是安静的平和的
无论白天还是夜晚
它们守着自己的秘密一言不发
看着自己的愿望一天天成为现实
它们也只是矜持地笑笑
这世界太大，让草应接不暇

2

面对这个世界，草总是心怀忐忑
它所能做的不多，更多的是凭天由命
当然，一株草不管多么小心
也还是容易受到人们的忽略
但是，一大片草人们是无法忽略的
因为无法忽略，那些第一次看见大片草地的人们
往往像第一次看见大海：惊叫、呐喊、大口地喘气
这时候，草就在人们看见它的时候

进入到人们的呼吸
而草海、草浪、草原就这样被记住了

3

无论在草原，还是在农田
无论在山坡，还是在沟渠
所有的草都是朋友、都是亲戚
为了证明这一点，也为了表明身份
它们穿着彼此相似的衣服
在刮风的时候步调一致
在下雨的时候泪水相同
有月亮的夜晚，它们倾听星光的心跳
无风的早晨，它们高举手臂朝圣太阳
整个夏季，它们汲取营养、收集露珠
低调地度过每个日子，而它们卑微的愿望
就是抚摸头顶上的蓝天

4

这些微不足道的草啊
和草民有着相同的命运
孱弱、渺小、坚韧
屡遭杀戮却又生生不息
总是紧紧地彼此依靠不弃不离
因为对它们而言，一株草的力量永远是不够的
所以，一株探出头，另一株也跟着探出头
这样，春天就在它们的身后了；
一株走向远方，另一株也走向远方
这样，秋天就跑在它们的前头了

是啊，秋天到了，秋风的磨刀石
把天空也打磨得发亮
草们身着黄色的衣衫掩饰着内心对寒冷的恐惧
叹息着互相安慰着避免谈论生命的意义
而后，它们义无反顾地在大地上
放下攥了一个夏天又一个秋天的秘密
故作安心而又心事重重地走向冬天

冬天，是冰雪把握的世界
草们扔下狼藉满地的尸体
逃往大地的深处
寒冷不是力量
躲藏也不是怯懦
草们坚信，冬天的背后
一定会有更精彩的故事
所以整个冬天，草的沉默
让大地一片荒凉

5

大地的四季是春夏秋冬
人生的四季是生老病死
而草的四季是盛衰荣枯

没有草的春天是单调的
没有草的夏天是绝望的
没有草的秋天是灰暗的
而没有草的冬天是真正的死亡
我见过那些冬天里饥饿的牛羊
雪原上，它们用滴血的蹄子刨开坚硬的雪
哭着喊着去寻找一株草一片草
它们比我们更怀念草

理解一株草并不困难
草是善解人意并与人为善的
草和所有的动物、昆虫做朋友
草隐藏它们的身影使它们免受攻击
供养它们吃食、住所
草，就是它们的家啊
为了这些同是大地的孩子
在夏天，草们彻夜不眠
它们举着迎接黎明的露珠
既是祈祷又是困惑
既是希望又是泪水
没有人知道，一株草的叹息
真的比一个人的叹息还要多
没有人知道，一株草的泪水
比珍珠还要珍贵
而一株草，比一个人
更懂得饱经风霜的含义

6

草儿虽然渺小，它们的感恩是巨大的
当旱魃肆虐、河流干涸、大地焦躁令人沮丧
大地的饥渴与龟裂刺痛人和动物的双眼
一场大雨过后，山坡一下子弹出所有的草
它们唱啊、跳啊、疯狂地舞蹈啊
它们一点也不掩饰内心的狂喜
它们的绿色是它们所有的感激和爱
这时，谁还会说草的态度是模棱两可呢

7

在周而复始的四季轮回中
草，感受着不同的风霜雨雪
草，经历着相似的生死荣枯
草们知道，不管它们怎么变换姿态
它只是一株微不足道的草一片谨小慎微的草

草的一生是短暂的，甚至来不及思索
一切就都结束了
但草的意义简单、完整、纯粹
不管是活着在雷雨中颤抖
还是死了在风暴中奔跑
一株草总要完成一株草的使命——
生儿育女、结识朋友、美化大地、奉献一切
是啊，一株草的分量往往轻如鸿毛
但一株草的价值是无法替代的
真的，就是昏聩的皇帝
也知道草民一旦愤怒
一座城池一个国家都将是一片火海

年年岁岁草草生长
岁岁年年草草死亡
和所有的草民一样
有时草们不得不错认他乡为故乡
真的：没有人的悲伤比得上草的悲伤

8

一株草是渺小的
十株草是温馨的

一百株草是渺小的
一片草原是伟岸的

我怀念草，那生生不息的顽强的草
多奇怪：我走到哪儿，它们跟到哪儿
仿佛是我的影子，时长时短寸步不离
草啊，顽强的草、弱小的草
我们同病相怜生死相依
而以草为伴，我的心是多么安宁！

9

当我们觉得强大的时候
请尊重一株草的秘密
当我们实现理想的时候
请理解一株草的愿望

10

一个草民落草而生
他的一生会和草结缘很多事情
童年时以草为伴，接触草认识草
青年时以草为友，理解草懂得草
壮年时以草为屋，热爱草关心草
老年时以草为邻，尊重草呵护草
当我们化作泥土，青青的草啊
就成了我们自己——
通过草的筋脉我们伸展向上的愿望
通过草的眼睛我们眺望外面的世界
身旁一株一株的草啊
说不定就是我们的祖先和亲人

以大地为舞台
草的舞蹈就是我们的舞蹈
草的歌唱就是我们的歌唱
在思想和感情都很贫乏的时代
一个草民终于找到了自己的故乡

2011年2月1日至8日

父亲

——一个乡村行脚大夫的赞歌

1

我的故乡，在东北的丘陵地带
那些棋子一样的村庄，朴素、平凡、彼此相似
撒落在故乡参差起伏的褶皱里
行走在故乡叶脉一样曲折蜿蜒的山路上
人，有时就像大海上的一片树叶
或者更像荒漠中一棵随风漂泊的沙蓬
因为无所依傍，所以必须挣扎和飘零

2

我常常行走在故乡的土路
设想父亲满怀希望一身孤独的行走
身后，永远是温暖、期盼和等待
条条大路通向远方，条条小路通向家庭
那些连接别离与重逢的道路
就像我们手掌的纹路
真的就是一个人的希望与光明

二十四个节气彼此相递
二十四条大路彼此相通
二十四个村庄彼此相望
节气的相递变幻季节
道路的相连彼此沟通
而村庄的彼此相望则是温暖与亲情
是孤独和凄凉

3

父亲，一个东北乡村的行脚大夫
怀揣梦想，眼望远方
心情就像那些随意起伏的群山
时而喜悦，时而忧伤
背依乡村，父亲，满腹苦楚又心怀热望
春天的风沙，夏天的雨水
秋天的劲风，冬天的飘雪
在每个彼此相连的季节
父亲行走在故乡的土路
他的伙伴就是山峦和树木
是牛羊和马匹，是温顺的羊
他的希望就是天上的云朵和远空飞翔的鹰隼
旅途劳累的时候，他手搭凉棚
远望炊烟，孤独的父亲，不知道自己的下一餐
在谁家的餐桌上

4

就这样，父亲
心怀慈善，救死扶伤
就这样，父亲
饥寒交迫，奔走他乡

只要这个世界还有生老病死
父亲就有行走的理由
只要草儿生长花儿盛开树木健壮
这些李时珍的朋友也是他的朋友
他的妻小也因此有了依靠
在乡村，人们依靠自然就像依靠父母和亲戚
野菜野果甚至野草，在人类需要的时候

毫不犹豫地奉献全部
道路啊，这些遍布城乡的绳索
把男女老少连在一起牵回自己的家门

5

作为一个乡村行脚大夫
父亲是一个坚韧朴实的农人
忙时在田里耕作，下种、除草、间苗
闲时，他背起药箱和行囊走村串户
他既安于自己必须奔波的命运
又不甘心贫苦平淡的生活
他的梦想就像一把闲置的雨伞
不断打开又不断收拢
生活并不是一切都在按计划进行

有时是风雨，有时是夜半
他是病痛者的希望和救星
有时是奔波，有时是搬迁
父亲描摹远方的村庄
带领我们追逐云中的希望

6

父亲是乡村少有的阅读迷狂
医药、文学、杂家都是他的最爱
灯下，阅读成为他的盛宴
鼓词、评书、唱本都是他的珍宝
路上，脉学、汤头歌成为住在他心中的伴侣
那些细辛、当归、半夏啊
那些甘草、人参、天麻啊
在瓦缶中组成君臣佐使的队伍

用它们积蓄一生的力量去和病魔作战
每当这时，父亲会看看炉火，闻闻药香
他和温热寒凉甘辛苦辣的中药一起
是新生者的祝福和神祇
是往生者的安慰和伙伴

我们常常在父亲出诊时心下惴惴
对父亲的担心和对病人的祝福
成为我们生活的主要内容
当父亲安然归来，他安心的沉睡
让我们知道，病者也转危为安

7

折断一根草很容易，折断一片记忆却很难
道路平坦，就走得安心一些
更多的时候却充满艰辛和未知
因而，一步步度量大地就仿佛成了责任和宿命
——每一条道路都值得等待和期望

乐观、热情、坚韧不拔
把一切困难当作和好的泥轻轻抹平
同时，生活的细节被他打理得井井有条
院子必须干净，菜园郁郁葱葱
春节时的鞭炮、大红的福字和对联
无论多么艰苦和贫寒
父亲让生活有声有色，值得怀念

8

一个人行走在荒野时
荒野就会压迫过来

这时，父亲就要与恐惧孤独作战
当面对强大的病魔
知识、经验、仁爱之心就成了依靠
生命需要扶持
坚强也不需要理由
更多的时候，需要面对的是柴米油盐的生活
父亲带领全家与饥饿和贫穷作战

阳光断裂成线段，月光散落成光斑
修修补补的生活让父亲有了夸父的性格
永远不停地行走和奔跑
既改变自己的方向，也改变孩子们的命运

父亲让我们懂得，在中国
一个家长的梦想是至关重要的
梦想就像花的种子，漫长的等待之后
绽放的是惊人的美丽和芬芳
而我的父亲，一个不知疲倦的行脚大夫
他曾有过多少个美好的梦想啊

9

夏天的雷电走到冬天就成了雪花
冬天的雪花飘到春天就成了春雨
父亲从春天走到秋天就花白了头发
梦想却像天上的云
忽而布满天空，忽而又毫无踪影
生计，却仿佛手中的算盘
需要起码的档位和足够的算珠才能拨打

父亲行走在故乡广袤的荒野上
栉风沐雨，披霜沥雪

像个诗人，他吟哦世事感慨兴亡
像个侠客，他仗义执言救死扶伤
一头并不健壮的驴子是他的知音和朋友
一条道路连接家庭和未知
想到这些，我心痛不已思绪万千
父亲，您是我们不能放弃理想与希望的理由

10

如今，我远离了那片纯朴的土地孤独的荒野
离开了那些细小的河流和满山遍野的杨树柳树
离开了父亲走过，我也走过的条条大路小路
离开了那个飘着炊烟和母亲呼喊的村头
离开了生长着远志、黄芪、小蓟、甘草的长坡
但我知道我和父亲，我们的根还在那片土地
依然贫寒，充满生机和活力
依然温暖，充满亲情和希望
村庄啊村庄，一个个孤独的村庄
温馨的炊烟飘向何方

父亲啊父亲，您的梦想成就我们的梦想
是您的奔波和寻找
才让您的儿女也有了奔跑的力量
我多想和您一起再回到故乡
一起浪游在故乡弯弯曲曲的大路
和您一起风餐露宿一起救死扶伤

2012 年 3 月 10 日

一棵树和它的全部生活

题记：小时候，搬过几次家。每次搬家安定之后，父亲都带着我们在房前屋后种树。在门口，更要种树。我大学毕业的第一年，回到家乡看到一些林间空地，就对姐夫说：你去栽树，我给你钱买树苗。那些树现在已经合抱粗了。

1

树，是令人尊敬的植物
在故乡，树不仅是屋梁、箱柜和工具
树，有时还是道路，是桥梁，是伴侣
树，有时还是粮食，是温暖，是亲人
邻居徐才家的大榆树，就是徐才的干爹
他为了给儿子娶媳妇，把干爹伐倒的时候
全村人都哭了

我——爱——树
每每，我看到高大的树
就敬意有加，就浮想联翩
作为树，它们生来是自由的
或山岗，或旷野，或沟壑
不管是鸟儿还是风儿
带它们到哪儿就得站在哪儿
安身立命，静静生长
就像我们不能自己选择家庭和父母
树，不能选择自己的位置

2

当然，忽略树的想法
人们刻意选择一些位置
如房前、屋后、门口、大路两旁、田间地头
有了位置，它就坚持站立并生长
作为树，它们不能倒下的理由很多
活着、生长、成为有用之才等等
但最重要的，它们知道
站立是一种宿命，站立是一种宗教
只有站立，才有和大地连接的年轮
只有站立，阳光、养料、水分才有实际意义
而倒下，折断的不仅仅是枝干、筋脉
更可怕的是年轮的停止以及姿势的萎靡
于是，它们使劲地抖动叶子承接阳光
努力扎下根去寻找水分和营养
站着，它始终保持着那种与生俱来的高贵
翻动叶子就像翻动诗篇
伸展根须就像划动船桨

3

作为树，它们也要说出
自己的感受和思想
这一切，纷纷繁繁的叶子上写着呢
那么多叶子尽管相似，但绝不雷同
随着风它们谈论自己的成长
谈论经历的苦难和坎坷：
大旱啊，洪水啊，灾年被剥掉树皮的痛不欲生啊
每每，随着雨水它们流下伤感的泪滴
随着微风，传递生长的欢笑

哭过、笑过之后
它们的面目就焕然一新

除了同类，它们也有自己的朋友
春天，归来的候鸟会给它讲述
江南的梅雨
西湖的明月
而留鸟啊，整天说的那些树们都听腻了
它只要求它们
在天气晴好的时候唱唱歌
而树们，则悉心照顾鸟儿们的孩子
在这一生中，它们曾经弱小
像纯真的少女，说不得碰不得
但更多的时候，它们要坚强和无畏
像大山一样皮肤粗糙饱经风霜

一棵树一生要经历的事情太多了
当夜晚人们安睡，连星星也疲惫的时候
树们就集体陷入沉思
一天也许太短
一生也许太长
没有什么比智慧更高贵
没有什么比沉默更有力
一棵树所保持的姿势
是亿万年代代相传的忠诚和执着
有了这种信念
树，就永远是树

4

一个人是很难了解一棵树的一生的
几代人恐怕也难以了解一棵树的全部

但人类的优点就在于学习——
树的形象高大、挺拔、伟岸
树的品质坚定、忠诚、无私
在需要的时候
树，奉献自己的一切
当我们了解并学习了这些
树的意义之于人类也就有了最后的着落

5

我常常在回乡探亲的时候
去看望那些比我年长
比爷爷年长比村子还要年长的树——
它曾看到过我的调皮和天真
它甚至比我自己还了解我的过去
我那遗失的童年啊
想到这些，我是多么忧伤
那些认识我熟识我的老树该是多么忧伤

忧伤多感的我，该为我那有树的村庄
和我现在居住的有树的城市说几句话吧：
一个没有树的村庄是死的村庄
一个没有树的城市是死的城市
而感谢树，就是感谢生命
热爱树，就是热爱生活

2011 年 1 月 28 日

一九四九年十月一日的毛泽东*

1

夜的衣裳已经洞穿
东方欲晓了
你仍伫立、徘徊
睡意远循天外，唯心鸿万种
也许，此刻
该有个人
推门进来

2

烟蒂积了许多，狼藉着
仿佛废弃的弹壳
这使你想到远方
中国的西南，枪炮声
依然传来

3

你想到倒下的同胞、战士
也想到自己的亲人尤其骄杨
如果共和国需要祭坛
如果共和国的祭坛需要献礼
这无数的碧血鲜花作为代价
是值得的
因为共和国的前面
还有人民二字

---

* 1993年作于呼和浩特，为纪念毛泽东主席一百周年诞辰而作。此诗收入《一百个诗人笔下的毛泽东》一书。

4

那些衣衫褴褛前仆后继的
那些以小米南瓜哺育我们的
就是中国的百姓
中国的脊梁——人民
今天，人民推翻了三座大山
证明了你的话：
“人民，只有人民，
才是创造世界历史的真正动力”
因此，再不必
“问苍茫大地，谁主沉浮”了
你深深地懂得这个道理
你才有今夜深深的无眠

5

你也想到孤岛上的
那位浙江人
那位对弈半生的老友
这时他在干什么呢
西望大海，也该是一夜无眠吧
或者骂娘、咯血

6

终于，你和人民一起迎来了
共和国的黎明
面对这枚崭新的太阳
宛若面对久违的故友
这万物同沐的温暖
使今天的你觉得

胸中也有一枚太阳
正冉冉升起

7
梦想的日子来临了
梦想的日子就是今天

8

站在天安门
这帝王的城楼上
身边是少奇、恩来、朱德……
面对潮涌而来的人民队伍
难以掩饰内心的喜悦
那就听一听《义勇军进行曲》吧
然后升起第一面五星红旗
让全世界都知道
中国人民从此站起来了

你的身姿
伟岸、豪迈
使面对你的许多人
同时想起你的诗句：
“惜秦皇汉武
略输文采
唐宗宋祖
稍逊风骚
一代天骄
成吉思汗
只识弯弓射大雕
俱往矣
数风流人物

还看今朝”
这些，用来描述今天
你的心境
当然恰当

1993 年

心灵的装饰 *

1

旧历的二月，冰河开始解冻
阳光灿烂却不温暖
空间之前时间之后
穿越红柳与沙蓬的围墙
以及铁丝与水泥的网栏
在长途跋涉之后
我在一片黄金的青斑中伫立

寒风凛冽，罡风吹疼我的脑门
面对这片瀚海，无垠的沙漠
我难以想象
这暴戾乖张的弃妇
何以具备了海的模样
一层波浪，弃妇的几多忧伤

如此我怎么可以设想
面临暗下去的这海
一位画师，在天鹅绒的穹顶
悉心而巧妙地点出星星
新月也在他的手中亮起来

就这样，我走过沙海的屋顶
却不能像一艘巨轮
用坚硬的船头劈开海的胸脯

---

* 我曾在故乡北部沙漠中看见一块带有箭镞的人骨，联想而成此诗。

2

青色的废墟，残破的陶片
传来远古的鸡鸣狗吠
和袅袅的炊烟
这是否我旧时的故园呢？
我慢慢地踱步慢慢地思索
一如我有条不紊地生活
背后，北风轻轻
抹去了我的脚印

过去，还是现在
也许是世纪末的倾向
颓然杂乱无从提起
陡然，我的眼里
一块白骨闪着刺眼的毫光
一枚呼啸而来的青铜箭矢
深深射进它的身体
(中箭者倒在我的怀中，接着断了气)
我因此知道也能说出
在沙蓬飞转的地方
在野狼和玄狐出没的地方
曾是战场
许多年后，重见天日的村庄仍在呻吟
它们也受到致命的创伤

3

该是什么人呢？
夜晚的柔软丝绸
覆盖着起伏的沙海
只有星子知道她的姓名

只有风儿吹过
她才回忆往昔快乐的日子
我不愿作刀光剑影的猜想
战争不能攻占我的诗行

那么，她是一个少女吧
聪明，美丽，善良
邪恶和凶残远离她
死亡和阴险远离她
在夏天的草场
她刚采回一束带露的鲜花
她奔跑着
初熟的乳房
像两只欢快的玉麻雀
她跑向我
两道秀眉下一双渴望的眼睛
嘴唇是迷人的山楂红

突然，她仆倒在黄沙中
死神的翅膀拥抱了她
鲜血，染红了她的花朵
她向绝望的天空睁着美丽的眼睛

死亡也有甜蜜的时候
痛苦也有温柔的时候

4

这是否是我旧时的故园呢？
在最近处
以一只眼睛注视我
在最远处

以一只耳朵聆听我
愿我也可以死得如此壮烈
弓弦响过
我倒在自己的血泊中
睁着空洞的眼睛
岁月之后
带着箭矢的白骨依然美艳
被人拾起，记忆或者遗忘
当初的渴望
也终于重见天日

5

我可否建立一种信仰：
和平、自由、艺术、爱情
或者死亡
太阳西斜，晚霞隐没
北风依旧寒冷
我又慢慢地走出虚墟
渴望和绝望同时淹没我
只有良知在启示
灵魂在奔突
它们把握我，理解我
使我手中的白骨
从此成为我心灵的装饰

1987 年敖汉旗新窝铺乡

你说要我忘记

——为抗日战争胜利七十周年而作

你说要我忘记，我也想忘记
七十年来，七十年啦
那一页页血迹斑斑的历史
充满着仇恨、血腥和死亡
每看一眼都会胆战心悸
难道我愿意铭记——
这耻辱、这杀戮、这攻击？！

我也想让孩子的眼里
满是星光和花朵
年轻人的世界
除了和平的幻想
就是爱情的甜蜜
我也想让老人的脑海
苦辣酸甜全都是美好的回忆

我不能忘记，我不能忘记
千千万万的先烈在九泉含恨
万万千千的无辜在地下饮泣
每每我试图抹去脑海中这悲惨的记录
我就看到南京的三十万死难同胞的累累尸骨
我就看到黑太阳 731，珍珠港
还有酷刑、毒气、扫荡、鼠疫

我怎能忘记，我不能忘记
因为你总是摩拳擦掌
国内，你篡改歪曲历史

妄图祭起军国主义的大旗
国际，你为虎作伥
为“正常国家”费尽心机
你的人民仇恨中国
你的政府乖张戾气
你的青年在靖国神社挥刀叫嚣
你的少女说：如果和中国开战
她志愿当随军的娼妓

扶桑之国，扶桑之国啊
你也曾羡慕古老的华夏文明
也曾多次学习那彬彬相敬的礼仪
书法、茶道、佛教
建筑、音乐、瓷器
点点滴滴都有着中华文化的痕迹

可是狼性的倭寇
你总掩盖不住你是武士的后继
恩将仇报，背信弃义
嗜血的本性让你好了伤疤忘了疼
你还是要在死亡和毁灭中
寻找变态的美丽

是的，我也想忘记
七十年啦，我总是和痛苦反思日日相依
要我忘记，要我忘记
那得有一个必要的前提
你得反思杀戮的罪恶
你得忏悔侵略的忤逆
再不要为战犯涂脂抹粉
更不要想非分的豪夺攫取

你得尊重历史
告诉孩子认识真实的自己

是的，我真的想忘记
我也想中日两国就像德意志和法兰西
不再战，勿相欺
再看勃兰特真诚的一跪
它开启两个民族的和解
希特勒成了犹太和日耳曼共同的仇敌
他们，牢记的是短暂而悲惨的历史
开启的是长久而坚定的友谊
而在日本，甲级战犯入神社
你们爱之如父敬之如仪
浪人之后啊，你们学了西方的科技、管理
却没学来知错必改的勇气

你要我忘记，我怎能忘记
你要我忘记，我不能忘记

2015 年 7 月 29 日

因为你们，我今夜无眠

——为汶川大地震而作

因为你们，我今夜无眠
你让我看到万世师表的尊严
山在摇晃，屋在塌陷
你在危险中忘记危险
你在黑暗中征服黑暗
你把生的希望留给祖国的花朵儿
你的身躯成为学子救命的堡垒
你的双臂成为避难的港湾
你用生命诠释着“师道”
你用鲜血实践着“为人师表”的诺言
亲爱的老师，亲爱的老师啊
你的大爱感天动地、如山如海
你的大爱超越了“师徒如父子”的内涵

因为你们，我今夜无眠
我看到天使飞还在人间
生命就在你的手中，地震岂能折断
你擦亮一个个即将熄灭的生命之灯
你又把接续生命的希望之火点燃
擦干血迹、包扎伤口、扶危救难
安抚心灵，竭尽心力，昼夜不眠
白衣天使，白衣天使啊
你们洁白的翅膀
温暖着十三亿泪光闪闪的双眼
你们的疲惫和坚持
让一个个濒危的生命
远离了死神的阴险和计算

因为你们，我今夜无眠
你让我看到善良的期盼
你在废墟中大声呼救
你在悲痛中奋力救援
生命有多顽强啊——
断臂自救、弃腿出难
忍饥挨饿，信念不断
你仍坚守着心中的家园
因为你相信，你会等来亲人的营救
哪怕身背三座大山
兄弟，你的坚韧让我们悲恸
我们多么盼望你坚强的回还
虽然你走了，但你的背影
已经深深刻在我们心间
中国，永远有你样的男子汉

因为你们，我今夜无眠
孩子，我看到你的翅膀
没有被这巨大的灾难折断
你在危急中背着同伴
你在碎石滚雷中大声地呼喊
多么美好，风华正茂
在废墟深处
你用烛光中的阅读
照亮压迫你生命的黑暗
多么美好，恰同学少年
你在废墟中用歌声迎接崭新的蓝天
你们，早晨八九点钟的太阳
一起度过了这场大灾大难
你们就懂得了这世间
什么叫坚强什么叫勇敢

当然，你们也知道
有很多责任早早地压在了你们稚嫩的双肩

因为你们，我今夜无眠
亲爱的孩子，你让我们看到希望的明天
你在生命的最后时刻紧紧攥住书写的铅笔
你用“敬礼”回馈军人救命的威严
你让叔叔先去救别人，
你说“阿姨快出去，这里危险”
还有你，亲爱的孩子，
我们会和你一起记住母爱的伟大
死神来临时，发给你最后的爱的信息
生命停止了，却依然供给你生命的甘泉
不必说“80、90、00后”是“异类”了
从孩子的身上，我们知道
中华民族伟大的烙印
已深深地烙在我们彼此的心间
从天南地北的悲痛与救助
我们知道扶危救困，共赴国难
从海内外天地同悲的祈祷与援手
我们知道仁者爱人，血肉相连
我们永远是黄皮肤的容颜

因为你们，我今夜无眠
最可爱的人，让我们知道什么叫担当和勇敢
灾情就是命令，战场就在汶川
五千米高空的决然一跃
世界在泪光中赞叹
十万铁军入蜀，八十将军进川
拯民于水火，救民于倒悬
母亲的等待，妻儿的呼唤

那遍地的瓦砾埋着的
全是我们的手足血肉，贴心贴肝

因为你们，我今夜无眠
让我看到地裂山崩的浩大劫难
山已倾颓，石已塞川
生灵涂炭，人命关天
天堂的路啊，也许就横在眼前
此刻，我们的亲人
你们却拒绝曾经的祈祷
每个人一样，生命值得留念
大家深爱着这苦乐悲欢五味俱全的人间
亲爱的祖国，坚强的汶川
富饶的大地，美丽的蓝天
勤劳的人民，震不断的血缘
都是我们坚强活下去的力量和源泉

因为你们，我今夜无眠
我看到首长和士兵坚如磐石的意志
我听到他们慷慨豪迈的铮铮诺言
帅旗在手，长虹入川
指挥若定，令出如山
人民交付的责任重于泰岳
地大物博，人众多艰
中国父亲们要坚定和勇敢
灾民需要安置，苦难要远离人间

因为你们，我们今夜无眠
你让我看到子弟兵
一直在人民中间
人民幸福，我们看到他们的微笑
民命倒悬，我看到他们的拼搏和苦战

是你们，一次次对死神说不
又一次次地救死扶伤排危解难
因为，在你们的心中
牵挂着人民的安危冷暖
最大的事也莫过于人命关天
多难兴邦，中国的父亲
你们的鞠躬尽瘁精诚团结
将振奋我们民族的精神
也创造我们民族伟大的新起点

今夜我们无眠
悲痛让泪水模糊我们的双眼
但泪水能净化我们的灵魂
苦难会磨炼我们的双肩
我们也要学会更多的勇气和担当
不管多大的灾难
我们和祖国一起共度
不管多大的危难
我们和祖国一起分担
大灾让我们的心贴得更紧
大难让我们知道
我们从来就血肉相连
大灾大难让我们相信
有伟大的祖国，有伟大的军队，有伟大的人民
就没有跨越不了的难关！！！

2008 年 5 月

后记：这首诗是为汶川大地震而作，在博客发表后，被“好心情诗歌网”评为当月“汶川系列诗歌奖”现代诗歌组一等奖。虽然是民间奖，奖品只是一套书，我个人却比较重视，因为它不是圈子的评奖不是门派的评奖，

它纯粹是民间不受干涉的一个奖项。还有一个原因就是汶川地震之后，一些浅薄的诗人说什么“汶川地震之后写诗是可耻的”，我却以为诗歌在黑暗的年代照亮心灵，在穷困的年代慰问贫寒，在灾难的年代抚平伤痛，在战争的年代鼓舞斗志，在和平的年代丰富生活。他们的话实在不值一驳。这首诗涉及很多救援或自救的细节，写作时也都有具体所指，事过多年有所模糊，除了个别病句不做修改了。

虎墩

使我感到充实和幸福的
是儿子的到来和成长
这家伙聪明、漂亮、顽皮
一大堆赞美的词儿
也不够用，他叫虎墩
他是我的儿子

对虎墩的爱减少了夫妻间的关怀
我们有时也抱怨但没办法
一个人的爱就那么多
不能同时给两个人

出门在外就多了负担
变了想念的角色
不再首先想到妻子的温暖和脉脉
而是儿子的可爱调皮和
带着他体温的一杯人造啤酒
还有光滑的屁蛋，柔软的脸蛋
一无纤尘的大眼睛

想起儿子就没有忧虑没有烦恼
心中充满阳光和笑声
和外人说虎墩虎墩虎墩
和朋友说虎墩虎墩虎墩
和家人说和妻子说
同事笑，说：除了校长旭日干
虎墩是内大最知名的人物

有许多人不认识我但认识虎墩
说这是虎墩爸爸
我沾了他的光他是我的骄傲
我的一切
我们担心，儿子长大了
不需要我们的爱了
我们可怎么办

儿子让我欢喜让我忧
儿子消磨我的意志我也不后悔

只是这家伙太淘气太顽皮
在这个家里是国王是总统他指挥一切
我们想：可别把他给惯坏了

虎墩大名叫鹿颂
这名字首先纪念他妈妈
妈妈来自鹿城，十月怀胎
可不是容易事，她吃了不少苦
其次，我是一个诗人
诗人的儿子应该是一首诗一部诗
一部《诗经》，这名字
蕴含着三千年的文化

他该感到自豪幸福快乐
不该什么都无所谓什么都不满意
这也难怪，他才两岁
一无所忌任真自然
我们担心这多爱他是否承受得了

儿子有一本画册，那上面
是他的朋友为他写的字画的画

他们都是大画家大书法家篆刻家
都称他是虎墩小友
他和科学院院士工程院院士一级作家
还有活佛照过相
他得向这些人学习
超过他们是我的愿望也是他们的希望

儿子毕竟是儿子
虎墩毕竟是虎墩
他根本不理我这一套
他认他的字画他的画唱他的歌
他干他这个年龄的孩子该干的事

虎墩虎墩，东张西望
看看星星，看看月亮
一岁时伸手去摸太阳
说“好烫”

1997 年

雪域莲花

——致陈亚莲

1

世间如果有神圣的事物
一定有一个神圣的理由
不管我们愿意与否
你是一个不可企及的高度

2

是喜马拉雅的伟岸
还是布达拉宫的庄严
你，十九岁的少女
走上心灵的朝拜之路？
是藏民的纯朴
还是僧侣的执着
你，二十九岁的画笔
震撼我们的心灵？

3

你以朝圣者的姿态走进西藏
雪山很冷，藏民很热
你朝拜神山圣湖，关心牧民和孩子
你走过草地，拥抱小草和牛羊
对神圣的理解让你接近神圣
对世俗的熟知让你远离世俗

你用整个心灵热爱这片神奇的土地
当生命受到死的考验你仍然不悔
满山的玛尼石记住了你的面孔
飘舞的经幡念诵着你的名字
亚莲，亚莲
你以一个人的经历丰富着所有人的想象
你以一个人的创作再造了神圣的生活

4

我设想你纤弱的身躯站在丈二大纸前的豪迈
如果不是神在指引
你该怎样填补这巨大的空白？
点、线、面
山、水、人
僧、俗、众
神圣的眼睛看到圣神
庸俗的心灵坠入庸俗

那笑脸、那庄严、那痛苦、那无奈和艰难
都在你的笔下化作一个个永恒的瞬间
我们感动着你的感动
理解着你的善良和虔诚
十年，是时间的长度
十年，丈量不了心灵的质量
你用十年证明你的信心和力量
你坚信着你的选择因而执着
你执着着你的信念因而不朽
你的心灵、你美丽的身影
在雪山、碧草、喇嘛庙之间时隐时现
唐古拉山会记住你站在高原的倩影
巴颜喀拉山会记住跪拜神灵的虔诚

珠穆朗玛峰也会记住你
“莲”，一个与佛祖息息相关的名字

5

亚莲，不是一个普通的名字
亚莲，有着非凡的灵魂
你莲花一样的身影和心灵
馨香了我对西藏的向往
是的！一定是冥冥中有一个声音
一定是冥冥中有一个理由
否则，你怎么会有“莲”
这个圣洁美丽的名字
否则怎会有你菩萨一样
走过高山草地边陲城镇
知遇亲爱的乡亲
亲吻幸福的孩童

你的笔让我们的灵魂震颤
你的心让我们的良知惭愧

6

我试图探究你的故事
我搜遍网络期刊
想知道你体悟神圣接近神圣的缘起
但我看到的多是世俗人的一得之见
和最最世俗的理解
我抗拒这些媚俗的语言
我要找到更为直接的理由：
西方有圣母，东方有菩萨
一定是这样的秘密

才使你的画笔有这般魔力
才使你画的一个个眼睛直视我们的心灵

我问菩萨：这个美丽的女人
是您在世间的化身
还是您转世为她?
菩萨说：我只把净瓶里的水
滴在她的眼睛里

7

是的，菩萨把净瓶水滴在你的眼中
你笔下的生灵万物才有了大慈大悲的面貌
才有了我们不可企及和不容亵渎的虔诚
才有了这配得上神圣雪山和神圣民族的赞颂

你用生命中的十年
创造一个奇迹，完成一个神话
人类因此而在若干年后说起你
你的画笔你的心灵
你执着而曲折的进藏之路

8

如果我是一个雕塑家
给观世音菩萨塑造金身
你一定是我获得灵感的最佳模特
因为你替她做了那么多的事
你替她教我们这些俗人
如何理解苦难、贫穷、神圣和庄严
轻轻举起你的笔
世界在你的面前展开她最珍贵的秘密

如果我们还有一丝对神灵的敬畏
我一定会说：是神指引了你
上天要你替他完成人间的大愿

读你的画，就是读你
读你心灵的敏感、宽容和善良
冲击的是视觉
震撼的是心灵

2006 年 3 月于大连南坨子

张家界掀起盖头

我童年的地图上色彩斑斓
风景名胜虽说不多，它们总是那么耀眼
但是，没有张家界
没有张家界，我也没有什么遗憾
那时的妈妈只关心一日三餐
柴米油盐构成爸爸的重担

我少年的时代的课堂
“文化革命”风起云涌
世道有时波澜不惊有时诡谲多变
那时，也没有张家界
但也不是什么缺点
远方的山水只与斗争相关
我的生命还在挣扎
生活中有数不尽的藩篱和苦难

我的青年时代，亲爱的祖国
有了浴火重生的改变
人们也开始远游
寻找命运中的流水遭遇梦想中的山川
这时，张家界掀起盖头横空出世
吴冠中先生画出他命中注定的梦境
养在深闺的山水让他沉醉不还
这奇异的风景明珠
照亮画家的双眼
他把张家界这位绝世美人
领到世人面前

还有陈复礼，他眼里的鹰飞过神秘的山峰
鹰的翅膀擦亮了万里长天

掀起盖头的张家界
从此成了旅游人必须跨过的一道门槛
到这里，你会在山环水绕中
挑开一个个门帘
只有跨过门槛只有挑开门帘
你的人生才与梦中的山水相遇
三千奇峰云海竞秀……
我也是张家的儿女啊
来到这里，我似乎有了认祖归宗的庄严

张家界啊，一万条溪水在制造佛国的云岚
张家界，三千座山峰在构造神的宫殿
睁大你的眼，世界将为你改变
要符合仙境的优美玄幻
要契合童话的夸张美炫
亿万年的风沙云水都是神的意志
挥手之间，成就这不可思议的梦里江山

张家界掀起盖头
她让世人沉醉留恋
张家界掀起盖头
我们的身心被她深深吸引
我们将献上我们真挚的爱
今生今世都不会改变

2017 年 12 月 10 日

大海情　民族魂

——为大连民族大学更名而作

曾有人问我：你工作的地方在哪儿？
我说：在山那边，在海那边
也曾有人问我：你生命的意义在哪儿
我说：我的三尺讲台
在山那边，在海那边

是啊，旅途中最壮丽的憧憬是远望高山
人世间最动人的瞭望是大海浩瀚
三十年前，站在黑山之巅眺望
有一片土地正渔舟唱晚
黄海之滨，大海的波涛汹涌
她是在等着做谁的摇篮？

那一年，那一天，
一个庄严的决定传遍四方
一锹奠基的黄土改变了民族高教的图版
黑山脚下，黄海之滨
一个新型的民族高校
在大海的深情中迎来自己的筹建

黑水、白山、海滨、草原
那是几代民族工作者殷切的期盼啊
她的发展是那么的步履维艰
资金贵如油，困难堆似山
一草一木饱含开拓者的汗水
一砖一瓦记录着创业者的艰难
曾经那么弱小：教师只有几十个

学生也只能把一个教室坐满
两栋楼相对矗立
连过路的人都觉得那样的孤单

在座的白发长者
你一定记得
多少次彻夜不眠的谋划
多少回集腋成裘的方案
请示，报告，调研，谈判
三十年的建设与发展筚路蓝缕
三十年的坚守与奋斗又有多少动人的诗篇
没有你们的废寝忘食无私奉献
何来这五十六个民族大海边的团圆

三十年啊，多少皱纹爬上青春的笑脸
三十年啦，多少青葱的头颅已经白发斑斑
大家幻想着，盼望着，奋斗着
教学评估，二次创业
跨过一道门槛，又是一道门槛
终于到了这一天——开发区金石滩
一校两点两点一线
——海韵传经典，松风诵诗篇

如今，我们成为民族高教的海滨战线
为人师表的教师已近两千
天南海北的莘莘学子也早已过万
这千千万万中有多少辛苦
这万万千千中就有多少甘甜

是的，从小到大，犹日出之冉冉
内涵丰富，犹千百个音符连缀成篇
这，似乎是顺理成章的构想

又似乎是水到渠成般自然
但如果你身在其中，就能体会发展的道路艰辛曲折
这一切真的不简单，不平凡！

一棵树三十岁，它会枝干摩天
一个人三十岁，是他的而立之年
一个大学的三十岁啊
桃李芬芳花红正艳
质量立校科技兴校人才强校
那是美好航程的开始
服务民族服务地方
更是锦绣华章的壮丽开篇

执教其中的老师何其幸哉
来自北国，来自江南
学有长，业有专，海纳百川
一张张白纸要你精心描绘蓝图
栋梁之才的树苗要你心血浇灌
五十六个民族的学子何其幸哉
北掬长白雪南指世界巅
东采大海珠，西携天山莲
教学相长师生并肩
踏平坎坷大道通天

硕果累累，我们要饮水思源
责任重大，我们更需登高望远
三十年的斗转星移
三十年的花开花落
我们谨记：传道授业是我们的神圣职责
大海情民族魂
——是我们永远不变的诺言！

我们载歌载舞，回首来路
祝福母校的华诞
这一切可喜可贺，风雨兼程中
我们迎来自身的蜕变
从学院到大学，这里，是民族高教的新起点
是科教兴国新航站
现在，大连民族大学——
你用理想和信念撑起民族教育的风帆
我们全体师生用心血和汗水为你点赞！

2015 年 3 月 17 日

附录

早晨的出海者 *

贾漫

蓝冰非海，蓝海无冰。把蓝冰诗集的序言概以“早晨的出海者”，不为过之也不为不及。蓝冰是内蒙古诗坛八十年代中期诞生的新秀。1988 年，我们曾经组织雁北、张天男、蓝冰三位诗人的诗歌研讨会，比起前两位青年诗人，蓝冰还算少年，或者称为《诗经》中的狡童，“彼狡童兮，不与我言兮”！

蓝冰不是生在海边，童年也未见过海，他的诗，竟与海洋结下茫无边际的情缘，这是与少年的困境少年的渴望与幻想分不开的，“羁鸟恋旧林，池鱼思故渊”。他的故渊与旧林是什么呢？难道是闭塞的乌兰哈达草原吗？不是的，他的故渊就是两个字：自由。这自由化为千般向往万种象征，变化多端而又出其不意：

我是早晨的出海者
你明亮的海水洗涮我的音符
…………
鸥鸟永远不明白
它为什么依赖大海，相信大海，热爱大海

“早晨的出海者”又是早晨八九点钟的太阳照耀的海洋。“我的胸中，金色澎湃／仿佛金色的绸缎／又像金色的号角”，“我的鱼王，我的鲨鱼和海豚都将护卫你上岸／去寻找一片浅色绒绒的草地／淋一身鲜艳的海水／而我小小的心脏，是你手中镀金的耳环”（《蓝色女王》）。

---

* 著名老诗人贾漫老师为蓝冰的第一部诗集《涛声与群鸟》写的序言。

我以自由二字代替如来佛的手掌，看看这位孙悟空式的狡童诗人，能有多少个十万八千里的筋斗，翻身跃出自由的海洋？我以自由这把钥匙去开蓝冰的心灵的门窗，不论走向第一辑《秋水伙同天鹅沉入梦境》的梦境，还是走向第二辑《大地的四季》，或者第三辑《阳台上的鸽子》……都可以感受到他的童心所想、所思、所恋与所悟。点点诗句滴入自由的河流，条条河流流向自由的汪洋，而汪洋的蔚然气息，又通向他脉搏的跳动，童心的呼吸，思想与头脑的吐故纳新。

有的人渴望性的自由，有的人渴望财富积累的自由，有的人渴望权力驱使的自由，世上的生物无不渴望着自由。蓝冰渴望与表现的到底是什么呢？如果用问答式的条理来解惑，必然陷入迷茫的烟雾，连他自己也不会说出个一五一十。正像俄罗斯诗人莱蒙托夫在他的不朽诗篇《祖国》中所写：

但我爱——为甚么，自己也不知道——
它的草原底清冷的沉静，
他的无边的森林底振动，

蓝冰的爱，正像他的一首诗的标题《我的思想是一只无人驾驶的小船》，无主题、无情节、无人物的三无世界，又是有诗情、有感觉、有意象的三有境界，或者说有境无界。

“一万只勇敢的鸥鸟／抖动波涛的翅膀——而在海中，海浪柔柔／推涌着我们的心／幼稚而单纯——大群大群的海鸟／仿佛满天的云彩满天的雨／使我忘记下沉的危险——秋水伙同天鹅沉入梦境／你在我开花的梦中苏醒／你的双眸是深深的湖泊／一双手臂是天鹅温柔的脖颈——乘着远方夜梦的帆船，在船头／你的纱巾像一只巨大的鸟翅／海鸥把蔚蓝的啼叫抖在你身上——祖国呀，祖国／黑眼睛的少女把大海哭出／把你红玫瑰的心哭伤”。

以上引用的六首诗的自由诗句中，不必手持标题的护照，可以畅行无阻从一首诗走向另一首诗，诗句的每一朵浪花，在自由的海洋上面汪洋恣肆，惠特曼的《草叶》，不也是这样自由奔流吗？自然，惠特曼是博大的独特的，正如聂鲁达所见：“惠特曼，像麦田一般无穷无尽。”蓝冰，则“寄蜉蝣于天地，渺沧海之一粟”，他所表现的渴望，是少年的渴望，他所表现的烦恼，是少年的烦恼，他所渴望的自由，是少年的自由。然而，他所追求的自由并非是没有任何界限的，难道善与恶、美与丑、真与假、专制与民主等就没有界限，没有是非标准吗？当然还是有标准的。

他渴望并追求的美与自由，在现实生活中岂能如愿！于是，他不无悲愤地写道：

这全是混蛋和混蛋的平方
我不能像白杨一般站立
也不能像西风一般漫步
更不能拥有一只崭新的柏木浆
(《异化的季节》)

早晨的出海者虽然没有当年《渔光曲》中那样的苦难，却也有时代的苦闷与惆怅，他感到《叶片上的一滴水因自身的重量而下坠》，他也经受了《我们为人类自身的痛苦而挣扎》，他说《我发现自己是一只蝼蚁》，这是何等渺小与凄然！于是，他追慕《屈原》，追慕《洛尔迦》，在他忧思难任之际，《我蘸着月光书写惨淡的光明》。

蓝冰的诗，纯真，透明，轻灵，美丽，具有狡童的可爱。

如果说还需要点什么呢？“你要是哪吒，脚下还需要风火轮，你要是二郎神，头上还需要长出第三只眼睛。”

是为序。

1997 年

可贵，坚持中国诗歌的抒情传统*

杨匡汉

中国诗歌在历史上形成的抒情传统，乃是中国艺术的神髓，渗透在绘画、书法、音乐、舞蹈之中，而彰显中国艺术的独有的美质。然而这种诗情却与哲学理念抵牾，也与物质的功利相悖，其意义指向生命的内在，表现为一种心灵自省的形式。这就是为什么陶潜从平淡自然的日常生活中体验着“真意”，却无法、也无需加以诠释。可是读得懂他的诗的人，从中仍可品味出心灵取向自由的滋味。究其因，即是中国诗歌抒情精神对理性世界和物质世界的超越所决定的。

蓝冰将他的诗学论著命名为《诗情蝉蜕》，初见似觉怪异，其实是一个喻象，或一个象征，有一点“晴空一鹤排云上，便引诗情到碧霄”的意思。这本书的主旨大抵是着眼于对超越性的抒情传统的皈依与张扬。

诗情的超越与高蹈，在中国传统诗论中本不是问题，如性灵说、神韵说、禅意说、境界说等，俱敲金戛玉，声闻百代，何劳今人喋喋不休。不过，在今天之诗界，抒情传统的继承与发扬，却似乎变得有些严峻了。蓝冰从20世纪80年代中期开始写诗，90年代中期研读中国古典文学并获硕士学位，同时在高校讲授文学课，至今诗歌创作激情不减，有一种宗教般的虔诚和挚爱。他从“朦胧诗”的追捧者、后现代的鼓噪者，转进为批判者，并最终皈依中国古典诗歌传统。可以说，他经历了自身诗情的蝉蜕。这使他痛切地感受到当今诗坛的迷失与变异。他尖锐地指出：“我们这个社会已经没有大唐时代对人文、对诗人的敬意了。现在的社会把

* 著名诗歌评论家、中国社科院研究员、教授杨匡汉先生为蓝冰的新诗论集《诗情蝉蜕》所写的序言。

更多的敬意投给官吏和富翁，是生存使然，也是心灵使然。”“因之，在我们的诗歌视阈里，是存在着大量伪诗的，……在现当代，那种急功近利的所谓诗，那种描摹现象、追逐时髦的所谓诗，其实只是披着诗歌的外衣而已，和真正的诗没有关系。”于是，他在这本书里直率地批评了诗语的卑琐与造作、诗情的俗化和洋化，呼唤真正的诗人和真正的诗歌出现，期望中国抒情传统的回归。今天的诗界是该发生一次蝉蜕了。或许这正是这本诗论的理论价值所在。

蓝冰的主张也许算不得新鲜，但其诗论的言说却有特别之处。诚然他在理论方面经过专门的训练，但他的文字却不去堆砌理性概念，也无意用域外的新理论自炫博学，其话语出自体验、饱含感情，简洁、平易而优美，读之有好友联床夜话的感觉。更重要的是他的话语态度体现着一种承担道义的勇气和自信。他固然明白“精神的独立高蹈与在世俗生活中的被揶揄、嘲弄是他生活的真实状态，也是现实生活中诗人的两极”，也明白诗论家和诗人一样，同样会面对现实的压迫与戏弄，但他还是勇敢地以自己的诗作去求证自己坚持的主张。这无疑是一种冒险的举动，君不见，古今诗人都是回避说自己的诗的。

不过，蓝冰既然承担了呼唤中国抒情传统光大的责任，要是一味谦虚倒显得小家子气了。这倒与宋人严羽说自己的《诗辩》一书的态度仿佛：“仆之《诗辩》，乃断千百年公案，诚惊世绝俗之谈至当归一之论。其间说江西诗病，真取心肝刽子手，以禅喻诗，莫此亲切。是自家实证实悟者，是自家闭门凿破此片田地，既非傍人篱壁，拾人涕唾得来者。李杜复生，不易吾言矣。”(《答出继叔临安吴景仙书》)或者理论的自信有相同处。然则使整个中国诗坛来一次蝉蜕，岂是易事。在寂寥之中能听到这样的新声，就很让人高兴了。是为序。

戊子年夏日于京华之华威西里寓所

图书在版编目（CIP）数据

蓝冰现代诗选 / 蓝冰著；花朵绘 . — 北京：民族出版社，2018.8

ISBN 978-7-105-15474-6

Ⅰ. ①蓝… Ⅱ. ①蓝… ②花… Ⅲ. ①诗集—中国—当代 Ⅳ. ① I227

中国版本图书馆 CIP 数据核字（2018）第 174091 号

蓝冰现代诗选

责任编辑：张海燕
封面设计：金晔
出版发行：民族出版社
地　　址：北京市和平里北街 14 号
邮　　编：100013
电　　话：010-64228001（汉文编辑二室）
　　　　　010-64224782（发行部）
网　　址：http://www.mzpub.com
印　　刷：北京中石油彩色印刷有限责任公司
经　　销：各地新华书店
版　　次：2018 年 8 月第 1 版　2018 年 8 月北京第 1 次印刷
开　　本：787 毫米 ×1092 毫米　1/16
字　　数：285 千字
印　　张：22.75
定　　价：68.00 元
书　　号：ISBN 978-7-105-15474-6/I · 2947（汉 2829）

该书若有印装质量问题，请与本社发行部联系退换